चन्द्रधर शर्मा 'गुलेरी'

1883—1922

चन्द्रधर शर्मा का जन्म 7 जुलाई 1883 में जयपुर में हुआ था। उनके पूर्वज हिमाचल प्रदेश के कांगड़ा जिले के गुलेर गाँव से थे और इससे प्रेरित होकर उन्होंने अपने नाम में उपनाम 'गुलेरी' जोड़ लिया और यही उनकी पहचान बन गई। गुलेरी ने मात्र 39 वर्ष के छोटे जीवन में अपना इतना विशिष्ट स्थान बना लिया कि हिन्दी साहित्य के प्रतिष्ठित लेखक आचार्य रामचन्द्र शुक्ल ने उनके बारे में यह कहा—"गुलेरी जी एक बहुत ही अनूठी लेखनशैली लेकर साहित्य-क्षेत्र में उतरे थे। ऐसा गम्भीर और पांडित्यपूर्ण हास, जैसा उनके लेखों में रहता था, और कहीं देखने में नहीं आया। यह बेधड़क कहा जा सकता है कि शैली की जो विशिष्टता और अर्थसमिति गुलेरी जी में मिलती है और किसी लेखक में नहीं। इनके स्मित हास की सामग्री ज्ञान के विविध क्षेत्रों से ली गई। अतः इनके लेखों का पूरा आनन्द उन्हीं को मिल सकता है जो बहुत या कम से कम बहुश्रुत हैं।"

उसने कहा था
और
अन्य कहानियाँ

चन्द्रधर शर्मा गुलेरी

संपादक

सुरेश सलिल

शिक्षा भारती

₹ 195
ISBN : 9788174831538
पहला संस्करण : 2014, सातवाँ संस्करण : 2025

USNE KAHA THA AUR ANYA KAHANIYAN (Stories)
by Chanderdhar Sharma Guleri
मुद्रक : शीतल प्रिंट्स, दिल्ली

शिक्षा भारती
1590, मदरसा रोड, कश्मीरी गेट, दिल्ली-110006

भूमिका

'उसने कहा था' आधुनिक हिन्दी कहानी का पहला ज्योति-स्तम्भ है। यह भी कि 'उसने कहा था' व उसके रचनाकार चन्द्रधर शर्मा गुलेरी को, एक दूसरे का पर्याय कहा जाता है। लोकप्रिय मान्यता यही है। किन्तु यथार्थ यह है कि हिन्दी कहानी में यथार्थवाद का पहला स्वर गुलेरी जी की लेखनी से उभरा, जिस पर प्रेमचन्द ने सान चढ़ाई।

गुलेरी जी का जन्म 7 जुलाई 1883 को जयपुर (राजस्थान) में हुआ था। उनकी पूर्वज-परम्परा अविभक्त पंजाब और आज के हिमाचल प्रदेश के काँगड़ा अँचल के गुलेर गाँव से सम्बद्ध थी। इसीलिए उन्होंने नाम के अन्त में, कोई लेखकीय उपमान जोड़ने के बजाय 'गुलेरी' जोड़ा। वली औरंगाबादी की तर्ज पर गुलेर का 'गुलेरी' कहीं यह भी पढ़ा था कि गुलेरी जी के पुरखे काँगड़ा भी सहारनपुर के किसी स्थान से उखड़ कर गए थे। यदि यह तथ्य हो तो उनकी पितृ-परम्परा त्रिस्तरीय ठहरती है—सहारनपुर से काँगड़ा और काँगड़ा से जयपुर।

चन्द्रधर शर्मा के पिता पं. शिवराम शर्मा वास्तविक अर्थों में पंडित थे। धर्म, न्याय, तर्क आदि के प्रकाण्ड विद्वान। उनकी इसी ख्याति से प्रेरित होकर जयपुर के महाराजा रामसिंह ने उन्हें अपने दरबार में 'राजपंडित' के पद पर प्रतिष्ठित किया। घटना यूँ हुई कि काशी में धर्माचार्यों की एक विराट सभा हुई, जिसमें देश-भर के संस्कृत विद्वान उपस्थित हुए। पं. शिवराम शर्मा ने भी उसमें भाग लिया और सभी उपस्थित धर्माचार्यों से शास्त्रार्थ करके विजयी हुए। उनकी इस ख्याति

ने उन्हें जयपुर दरबार के राजपंडित पद तक पहुँचाया। फिर तो वह जयपुर के होकर ही रह गए। वहीं चन्द्रधर शर्मा का जन्म हुआ।

चन्द्रधर जी ने 1897 में मिडिल की परीक्षा पास की और 1899 में कलकत्ता विश्वविद्यालय से प्रथम श्रेणी में मैट्रिक उत्तीर्ण हुए। आगे चलकर 1903 में उन्होंने इलाहाबाद विश्वविद्यालय से स्नातक की उपाधि अर्जित की। उनकी औपचारिक शिक्षा की जानकारी यहीं तक है। किन्तु एक संस्कृतज्ञ पिता के पुत्र होने के नाते, और आगे चलकर संस्कृत साहित्य व प्राच्य विद्या के जिन शीर्ष पदों पर वे अधीष्ठित हुए, उस सबको ध्यान में रखते हुए, मानना पड़ता है कि संस्कृत साहित्य, व्याकरण, न्याय, दर्शन तथा ज्ञान की अन्य शाखाओं का उच्च अध्ययन उन्होंने पिता के मार्गदर्शन में सम्भवतः घर पर ही अनौपचारिक रूप से किया होगा। तभी वे मेयो कालेज, अजमेर के संस्कृत विभाग के अध्यक्ष पद तक पहुँचे और बाद में श्री मदन मोहन मालवीय के आमन्त्रण पर बनारस हिन्दू विश्वविद्यालय के प्राच्य विभाग के प्राचार्य पद पर आसीन हुए। वहीं 12 सितम्बर 1922 को मात्र 39 वर्ष की अल्प वय में उनका निधन हुआ।

चन्द्रधर जी देश-भाषा के उत्थान और ज्ञान-विज्ञान के क्षेत्र में राष्ट्रीय पहचान को लेकर, मैट्रिक के बाद ही सक्रिय हो गए थे। सन् 1900 में उन्होंने जयपुर में 'नागरी भवन' की स्थापना की और उसके बाद 1902 में जयपुर वेधशाला के जीर्णोद्धार में उन्होंने निर्णायक भूमिका निभाई।

साहित्य-सृजन और साहित्यिक पत्रकारिता के क्षेत्र में भी उनकी सक्रियताएँ औपचारिक शिक्षा समाप्त करने के साथ ही लक्ष्य की जाने लगी थीं। इलाहाबाद विश्वविद्यालय से स्नातक परीक्षा उत्तीर्ण करने के तत्काल बाद उन्होंने जयपुर से 'समालोचक' नाम से एक पत्र निकाला था। जो सम्भवतः साहित्यालोचन केन्द्रित हिन्दी का पहला पत्र था। 'समालोचक' सम्भवतः दो वर्ष चलकर बन्द हो गया।

'समालोचक' का प्रकाशन 1903-04 में हुआ और उसी समय उनके व्यक्तित्व में समाहित रचनाकार ने सिर उठाया। उनकी पहली

कहानी 'घंटाघर' 1904 में 'वैश्योपकारक' पत्र में प्रकाशित हुई। यह स्पष्ट नहीं है कि चन्द्रधर शर्मा ने अपने नाम के आगे स्थानवाची 'गुलेरी' शब्द जोड़ना कब शुरू किया। अनुमान किया जा सकता है कि लेखक के रूप में सामने आने के साथ ही सम्भवतः गुलेर के साथ अपनी पहचान सम्बद्ध करने का विचार उनके मन में आया होगा।

'घंटाघर' के लेखन-प्रकाशन से शुरू हुआ गुलेरी जी का लेखक जीवन 1922 में असामयिक निधन तक अनवरत चलता रहा।

गुलेरी जी की साहित्यिक पहचान मूलतः कहानीकार के रूप में है और उसका भी रकबा बहुत छोटा है। कुल तीन कहानियाँ—'सुखमय जीवन', 'बुद्धू का काँटा' और 'उसने कहा था'। इन तीन में भी यशस्वी सिर्फ़ 'उसने कहा था' हुई। पहली कहानी 'घंटाघर' का कहीं कोई उल्लेख नहीं। कोई 80-85 साल तक गुमनामी में विस्मृत रहने के बाद उसका उद्धार 'गुलेरी रचनावली' के सम्पादक मित्रवर स्वर्गीय डॉ. मनोहरलाल के हाथों हुआ। उसके बाद भी वह चर्चा से लगभग बाहर रही। आज उसका पुनर्पाठ करते हुए इस बात की गहरी प्रतीति होती है कि 'घंटाघर' न सिर्फ़ गुलेरी जी की, बल्कि समग्र आधुनिक हिन्दी कथा-साहित्य की एक बहुत मूल्यवान कृति है। और उसका स्थान प्रेमचन्द की अमर कहानी 'कफ़न' के समानान्तर है।

खैर, गुलेरी जी के कहानीकार की चर्चा तो आगे होगी ही, यहाँ यह बात विशेष रूप से गौर करने की है, कि उन्होंने सिर्फ़ कहानियाँ ही नहीं लिखीं, बल्कि आधुनिक हिन्दी साहित्य के उस प्रारम्भिक काल में गुलेरी जी ने निबन्ध, आलोचना-समीक्षा, विमर्श और शोध जैसी लगभग अविकसित विधाओं को भी समृद्ध किया। और उनकी लेखनशैली भी एकदम अनूठी और बहुत प्रभावपूर्ण थी। वे अपने निबन्धों में भी छोटी-छोटी भावपूर्ण और व्यंग्य-व्यंजित कहानियाँ पिरोते रहते थे, जिनमें से कई यहाँ संकलित की गई हैं।

गुलेरी जी की लेखनशैली के बारे में आचार्य रामचन्द्र शुक्ल का मंतव्य ध्यान देने योग्य है। शुक्ल जी के अनुसार, ''गुलेरी जी एक बहुत ही अनूठी लेखनशैलीं लेकर साहित्य-क्षेत्र में उतरे थे। ऐसा गम्भीर

और पांडित्यपूर्ण हास, जैसा उनके लेखों में रहता था, और कहीं देखने में नहीं आया। अनेक गूढ़ शास्त्रीय विषयों तथा कथा-प्रसंगों की ओर संकेत करती हुई उनकी वाणी चलती थी। इसी प्रसंग गर्मत्व (एल्यूसिवनेस) के कारण उनकी चुटकियों का आनन्द अनेक विषयों की जानकारी रखने वाले पाठकों को ही विशेष मिलता था। इनके व्याकरण ऐसे रूखे विषय के लेख मज़ाक से खाली नहीं होते थे। यह बेधड़क कहा जा सकता है कि शैली की जो विशिष्टता और अर्थसमिति गुलेरी जी में मिलती है और किसी लेखक में नहीं। इनके स्मित हास की सामग्री ज्ञान के विविध क्षेत्रों से ली गई अतः इनके लेखों का पूरा आनन्द उन्हीं को मिल सकता है जो बहुत या कम से कम बहुश्रुत हैं।'' यहाँ शुक्ल जी ने गुलेरी जी के दो निबन्धों को विशेष रूप से रेखांकित किया है। वे निबन्ध हैं—'कछुआ धरम' और 'मारेसि मोहिं मुठाँव'। 'कछुआ धरम' का उल्लेख डॉ. नामवर सिंह ने भी किया है—''गुलेरी जी हिन्दी में एक नया गद्य या नयी शैली नहीं मढ़ रहे थे, बल्कि वे वस्तुतः एक नयी चेतना का निर्माण कर रहे थे और यह नया गद्य नयी चेतना का सर्जनात्मक साधन है। संस्कृत के पंडित उस जमाने में और भी थे, लेकिन 'उसने कहा था' जैसी कहानी और 'कछुआ धरम' जैसा लेख लिखने का श्रेय गुलेरी जी को ही है। इसलिए वे हिन्दी के लिए बंकिमचन्द्र भी हैं और ईश्वरचन्द्र विद्यासागर भी।''

शोध और समीक्षा के क्षेत्र में गुलेरी जी के दो प्रबन्धों का उल्लेख आवश्यक है। वे हैं—'जय सिंह काव्य' 'पृथ्वीराज विजय' महाकाव्य के समीक्षकीय अवलोकन। दोनों ही 'सरस्वती' पत्रिका में क्रमशः 1910 और 1913 में प्रकाशित हुए थे। इनमें उनका मीमांसक व्यक्तित्व अपनी भरपूर तेजस्विता से उभरा है। इसी तरह 'नागरी प्रचारिणी पत्रिका' की दूसरी जिल्द में प्रकाशित 'पुरानी हिन्दी' निबन्ध में उनका भाषाविज्ञानी पक्ष भास्वरता से उभरा है। इस निबन्ध को हिन्दी भाषा के इतिहास-प्रसंग में बहुत महत्त्वपूर्ण माना गया। भाषा विज्ञान के अतिरिक्त, व्याकरण के क्षेत्र में भी उनका साधिकार हस्तक्षेप था और जीवन के अन्तिम वर्षों में उन्हें नागरी प्रचारिणी सभा, काशी, की व्याकरण संशोधन समिति

का सदस्य नामित किया गया था।

इस तरह देखें, तो कहानी, निबन्ध, आलोचना, भाषा विज्ञान, व्याकरण, शास्त्रीय विमर्श तथा और न जाने कहाँ-कहाँ तक फैला चन्द्रधर शर्मा गुलेरी का बौद्धिक व्यक्तित्व बहुआयामी था–अग्रणी था।

–सुरेश सलिल

गुलेरी-एक कहानीकार के रूप में

रामचन्द्र शुक्ल ने हिन्दी में मौलिक कहानियों की शुरुआत छह कहानियों से मानी है 1. इन्दुमती, 2. गुलबहार (किशोरी लाल गोस्वामी), 3. प्लेग की चुड़ैल (मास्टर भगवानदीन, मिरजापुर) 4. ग्यारह वर्ष का सपना (रामचन्द्र शुक्ल) 5. पंडित और पंडितानी (गिरिजादत्त वाजपेयी) 6. दुलाई वाली (बंगबाला)। ये सभी 1901 से 1907 के मध्य प्रकाशित हुईं। 'इन्दुमती' की मौलिकता को लेकर उन्हें संशय था और 'प्लेग की चुड़ैल' व 'पंडित और पंडितानी' अपने दौर में ही लगभग गत शेष हो गई थीं। उनके लेखकों के नाम भी आगे कभी सुने या पढ़े नहीं गए। नतीजतन उनकी हैसियत इतिहास की एक प्रविष्टिभर मानी जायेगी। स्वयं शुक्ल जी ने भी अपनी कहानी 'ग्यारह वर्ष का सपना' : 1903 और बंगबाला की 'दुलाई वाली' : 1907 को ही कहानी की कसौटी पर खरी उतरी मौलिक कहानी माना। इन दोनों के अन्तराल में गुलेरी जी की कहानी 'घंटाघर' (1904) का प्रकाशन हुआ। उसका उल्लेख शुक्ल जी ने नहीं किया। क्यों? यह एक कूट प्रश्न है। एक कारण यह हो सकता है कि चूँकि 'घंटाघर' का प्रकाशन 'वैश्योपकारक' नाम की, लगभग असाहित्यिक से नाम वाली पत्रिका में हुआ था, शुक्ल जी की दृष्टि रहते उस पर न गई हो, दूसरा यह कि शिल्प और संरचना की दृष्टि से उसे उन्होंने अपनी मान्यताओं के अनुरूप न पाया हो। किन्तु यह दूसरा कारण बहुत आश्वस्तिकारी नहीं है। इसलिए नहीं है कि स्वयं उन्होंने अमरीकी कवि ई.ई. कमिंग्स की एक बहुत ही बीहड़

शिल्प की प्रयोगशील कविता का, जो उनकी अपनी कविता की कसौटी पर कत्तई खरी नहीं उतरती, अनुवाद किया है—चुनौती भरा सफल अनुवाद किया है। अतः पहला कारण ही अधिक उचित प्रतीत होता है।

यदि हम आचार्य शुक्ल के समय को पीछे छोड़ आगे बढ़ें, तो गुलेरी की यह कहानी जयशंकर 'प्रसाद' की 'ग्राम' (1911) और प्रेमचन्द की 'परीक्षा' (1914) से भी आगे खड़ी नज़र आयेगी—'कफ़न' की राह बनाती हुई।

'घंटाघर' एक रूपक कथा है, सुविधा के लिए भाव कथा भी कह सकते हैं। इसमें कोई सक्रिय चरित्र नहीं है, कुछेक तत्व हैं, प्रवृत्तियाँ हैं, जो यत्र-तत्र चरित्र होने का भ्रम खड़ा करती हैं और समय को अपनी मन-मर्जी से चलाना चाहती हैं। भगवान का भ्रम और भय रचती हैं। उर्वर भूमि को रौंदते हुए प्रतिगामी तत्व कैसे मठवाद, पुरोहितवाद का बीज वपन करते हैं, इनके आसपास विलास और दुराचार का तर्क गढ़ते हैं, जन-जीवन में भय-भक्ति की भावना भरते हैं और एक दिन इतने शक्तिशाली हो जाते हैं कि प्रकृति को अपनी तर्जनी पर नचाने के गुरूर से भर उठते हैं—यही घंटाघर की कथा-भूमि है, विचार है। कहानी की शुरुआत इस प्रकार होती है—"एक मनुष्य को कहीं जाना था। उसने अपने पैरों से उपजाऊ भूमि को बंध्या करके एक पगडंडी काटी और वहाँ पर पहला पहुँचने वाला हुआ। दूसरे, तीसरे और चौथे ने वास्तव में उस पगडंडी को चौड़ा किया और कुछ वर्षों तक यों ही लगातार (आते) जाते रहने से वह पगडंडी चौड़ा राजमार्ग बन गई। ...कुछ काल में वह स्थान पूज्य हो गया, और पहला आदमी चाहे वहाँ किसी उद्देश्य से आया हो, अब वहाँ जाना ही लोगों का उद्देश्य रह गया।" फिर वहाँ एक मठ बन गया, पुजारी बने, भीतर जाने की भेंट (चढ़ावा) हुई और मठ के आसपास विलास और आमोद-प्रमोद के साधन जुटा दिए गए। यानी धर्म के नाम पर सारे कदाचार आ जुटे। फिर उस मठ पर सोने का कलश चढ़ा और अन्त में एक "पुण्यात्मा ने बड़े व्यय से एक घंटाघर" उस पर लगवा दिया। एक ओर लोगों को समय जानने की सुविधा हुई, तो दूसरी और "मार्ग में छींकने तक का कर्मकांड बन गया।"

यहाँ से कहानी एक मोड़ लेती है : "और भी समय बीता। घंटाघर सूर्य के पीछे रह गया। सूर्य क्षितिज पर आकर लोगों को उठाता और काम में लगाता। घंटाघर कहा करता कि अभी सोये रहो। इसी से घंटाघर के पास कई छोटी-मोटी घड़ियाँ बन गई। ...अब यदि वह पुराना घंटाघर, वह प्यारा पाला पोसा घंटा ठीक समय न बतावे, तो चारों दिशाएँ उससे प्रतिध्वनि के मिस से पूछती हैं कि तू यहाँ क्यों है? वह घृणा से उत्तर देता है कि मैं जो कहूँ, वही समय है।" यह है आज की भाषा में धर्माडम्बरजन्य फाँसीवाद।

कहानी यहीं समाप्त नहीं होती। समाप्त होती है इस तर्कयुक्त प्रतिवाद से—"भगवान, नहीं, कभी नहीं। हमारी आँखों को तुम ठग सकते हो, हमारी आत्मा को नहीं। वह हमारी नहीं है। जिस काम के लिए आप आए थे, वह हो चुका....तुम बिना आत्मा की देह हो, बिना देह का कपड़ा हो, बिना सत्य के झूठे हो। तुम जगदीश्वर के नहीं हो, और न तुम पर उसकी सम्मति है, यह व्यवस्था किसी और की दी हुई है।"

नहीं मालूम, कहानी के परम्पराशील अध्येता इसे कहानी मानेंगे या नहीं, किन्तु आज कहानी का शिल्प जिस ऊँचाई पर पहुँच चुका है, जो कसौटी बन चुकी है, उस पर पूरी तरह खरी उतरनेवाली यह हमारे आज की कहानी है।

'सुखमय जीवन' गुलेरी जी की पहली वह कहानी है जिस पर आलोचकों का किंचित् ध्यान गया। इसका प्रकाशन कलकत्ता से निकलने वाले पत्र *भारत मित्र* (1912) में हुआ था। दाम्पत्य जीवन की पूर्व-भूमिका के रूप में यह एक सीधी-सरल प्रेमकथा है, किन्तु गुलेरी जी की शैली की छाप इसमें सहज ही देखी जा सकती है।

इसी क्रम में 'बुद्धू का काँटा' का उल्लेख करना होगा। सन् 1914 में 'पाटलिपुत्र' पत्र में छपी इस कहानी को भी दाम्पत्य जीवन की पूर्व-भूमिका निर्मित करती प्रेमकथा ही कहा जाएगा, किन्तु इसमें फैलाव बहुत है और लोक-रंग भी बहुत गाढ़े हैं। इस कहानी में एक उपकथा भी समाहित है—किराए के टट्टू वाले बूढ़े मुसलमान की, जिसे यदि

इस कहानी में इतने विस्तार से न जोड़ा जाता, तो भी मूल कहानी की आत्मा यथावत् बनी रहती। वस्तुतः उस टूटटू वाले की उपकथा में भी स्वतन्त्र कहानी की बहुत सम्भावनाएँ हैं। और उसे यदि गुलेरी जी उसी रूप में लिखते तो उनकी एक और अनुभव सम्पन्न पठनीय कहानी हमारे हाथ आती। बहरहाल...

'सुखमय जीवन' और 'बुद्धू का काँटा' के क्रम में गुलेरी जी की तीसरी चर्चित, बल्कि कहें बहुचर्चित कहानी है 'उसने कहा था'। इसका प्रकाशन 1915 में 'सरस्वती' पत्रिका में हुआ था और इसके निखार सँवार में किंचित भूमिका सम्पादक प्रवर और हिन्दी भाषा के प्रथम आचार्य श्री महावीर प्रसाद द्विवेदी की कलम की भी है। द्विवेदी जी द्वारा सम्पादित पाठ ही प्रायः चर्चाओं में रहा है—वही सर्वसुलभ भी है। किन्तु यदा-कदा इस कहानी के दोनों—मूल और सम्पादित पाठों को आमने-सामने रख कर भी विद्वान आलोचकों ने विचार किया है। मुझे ऐसा लगता है, कि मूल पाठ में जो गुलेरी टच् है, वह सम्पादित पाठ में किंचित झीना हुआ है। और इस नुक्ते को लेकर आगे भी विचार होना चाहिए।

'उसने कहा था' गुलेरी जी की पूर्वोल्लिखित दोनों कहानियों से कई अर्थों में भिन्न स्वभाव की कहानी है। प्रथमतः यह असफल प्रेम, पूर्व स्मृतियों और पूर्व प्रेमिका के सुख सौभाग्य के लिए आत्मबलिदान की मार्मिक और उदात्त भावना से भरपूर और भारतीय जीवनादर्शों की कसौटी पर खरी उतरने वाली एंक दुखान्त कहानी है (ध्यान देने की बात है कि 'सुखमय जीवन' और 'बुद्धू का काँटा' सुखान्त कहानियाँ हैं)। दूसरी बात यह कि इस कहानी का उत्तरार्द्ध 1914-18 वाले प्रथम विश्वयुद्ध और युद्धभूमि की पृष्ठभूमि वाला है, और इस दृष्टि से प्रेम और युद्ध के द्वन्द्व को भी शायद इस कहानी में पढ़ा-सुना जाए। शुक्ल जी ने गुलेरी जी की इस कहानी पर विचार करते हुए कहा है कि 'उसने कहा था' में "पक्के यथार्थवाद के बीच, सुरुचि की चरम मर्यादा के भीतर, भावुकता का चरम उत्कर्ष अत्यन्त निपुणता के साथ सम्पुटित है। घटना इसकी ऐसी है जैसी बराबर हुआ करती है, पर उसके भीतर

से प्रेम का एक स्वर्गीय स्वरूप झाँक रहा है—केवल झाँक रहा है। निर्लज्जता के साथ पुकार या कराह नहीं रहा है। कहानी भर में कहीं प्रेमी की निर्लज्जता, प्रगल्भता, वेदना की वीभत्स विवृत्ति नहीं है। सुरुचि के सुकुमार से सुकुमार स्वरूप पर कहीं आघात नहीं पहुँचता। इसकी घटनाएँ ही बोल रही हैं, पात्रों के बोलने की अपेक्षा नहीं।''

'उसने कहा था' के अन्त में लहना सिंह अपनी बाल्य-प्रेम और बाद के जीवन में उसके सहयोद्धा सूबेदार की पत्नी की स्मृतियों से लबरेज मर जाता है। किन्तु इसके समान्तर गुलेरी जी के मानस में लहना सिंह की एक और कहानी भी पक रही थी। उसमें वह मरता नहीं है, बल्कि जंग से लौट कर घर बसाता है, एक बेटे (हीरा) का बाप बनता है और एक और लड़ाई में लड़ने जाता है। इस थीम को वे सम्भवतः एक उपन्यास में फैलाना चाहते थे, जिसके दो-तीन पृष्ठ ही वे अपने छोटे-से जीवन में लिख पाए। वह अधूरा मसौदा भी 'हीरे का हीरा' शीर्षक से इस संकलन में शामिल किया गया है। 'उसने कहा था' की तर्ज पर शायद उनका इरादा 'बुद्धू का काँटा' को भी एक उपन्यास की तरह लिखने का था।

गुलेरी जी की कहानियों पर समग्रतः विचार करते हुए कुछेक बातों पर विशेष रूप से ध्यान जाता है। पहला यह कि उनके स्त्री-पुरुष पात्रों में विवाह पूर्व जीवन में लड़कियाँ बहुत मुखर और वाचाल होती हैं और लड़के अपेक्षाकृत चुप्पे और दब्बू। लड़कियों की मुखरता चुलबुलेपन के स्तर छूती है—जैसे 'बुद्धू का काँटा' की भागवन्ती का यह जुमला—''वाह जी वाह, ऐसे बुद्धू के आगे भी कोई लहंगा पसारेगी!'' इसी तरह 'सुखमय जीवन' की कमला भी अपने भावी पति जयदेव की अपेक्षा अधिक मुखर है। 'उसने कहा था' में बेशक बालक लहना पहला जुमला मारता है—''तेरी कुड़माई हो गई?'' दो-तीन दिन तक यही सवाल सुनते रहने के बाद लड़की भी जवाब देती है—''हाँ, हो गई।....देखते नहीं यह रेशम से कढ़ा हुआ सालू?''

इस तरह के चुटीले संवाद और लड़कियों की मुखरता के जरिए गुलेरी जहाँ अपनी कहानियों में लोकरंग भरते हैं, वहीं परोक्षतः विवाह

नाम की सामाजिक संरचना पर टिप्पणी भी करते हैं। 'बुद्धू का काँटा' के उत्तरार्द्ध में तो वे सीधे-सीधे विवाह को "जीवन की स्वतन्त्रता के बदले में पाई हुई हथकड़ियों और चाँदी की बेड़ियों" के रूप में लक्ष्य करते हैं। कई बार वे अपनी कहानियों के बीच से भाषा और साहित्य की अपने समय की जड़ताओं पर भी विमर्श खड़ा करते हैं। 'सुखमय जीवन' के अनुभवशून्य नकली लेखन और 'बुद्धू का काँटा' के पहले पैराग्राफ में 'हिन्दी के कर्णधारों' की भाषा के प्रति अनुत्तरदायिता पर उनके कटाक्ष विशेष रूप से ध्यान खींचते हैं।

गुलेरी जी ने उपरोल्लिखित तीन-चार कहानियों के अतिरिक्त कतिपय पौराणिक कहानियों के रूपान्तर भी किए और अपने निबन्धों में 'दृष्टान्त' शैली में अनेक छोटी-छोटी कैप्सूल सरीखी कहानियाँ भी गूँथीं। वे भी इस संकलन में शामिल की गई हैं। ऐसी लघुकथाओं में 'पाठशाला' खासतौर से उल्लेखनीय है। आज हम प्रायः टी.वी चैनलों पर, टी.आर.पी. बढ़ाने के चक्कर में 'बाल कौटिल्य' या ऐसे ही अन्य रूपों में बच्चों को पेश किया जाता देखते हैं। इस तरह बच्चों के बचपन पर डाकेजनी के विरुद्ध यह कहानी चुटीली टिप्पणी करती है।

कभी जैनेन्द्र कुमार ने गुलेरी को 'पंडित परम्परा का कथाकार' कहा था। यथार्थतः गुलेरी जी न सिर्फ़ कहानियों में, बल्कि अपने सम्पूर्ण कृतित्व में तथाकथित पंडिताऊपन के प्रखर प्रतिवाद थे और हिन्दी के पहले यथार्थवादी कथाकार। उनका उद्‌घाटित पथ, प्रसाद की बजाय, प्रेमचन्द के कथा-साहित्य में प्रवाहित और समृद्ध हुआ।

हिन्दी में गुलेरी जी के समग्र साहित्य का उत्खनन और उद्धार मित्रवर डॉ. मनोहर लाल ने किया। वे हमारे बीच अब नहीं हैं। उन्हें सादर प्रणति।

इस संकलन को तैयार करने में कथाकार मित्र श्री बलराम का भी परोक्षतः मूल्यवान सहयोग मिला। उनके प्रति भी हार्दिक आभार।

–सुरेश सलिल

क्रम

घंटाघर

एक मनुष्य को कहीं जाना था। उसने अपने पैरों से उपजाऊ भूमि को बंध्या करके वह पगडण्डी काटी और वहाँ पर पहला पहुँचने वाला हुआ। दूसरे, तीसरे और चौथे ने वास्तव में उस पगडण्डी को चौड़ा किया और कुछ वर्षों तक यों ही लगातार (आते) जाते रहने से वह पगडण्डी चौड़ा राजमार्ग बन गई। उस पर पत्थर या संगमरमर तक बिछा दिया गया और कभी-कभी उस पर छिड़काव भी होने लगा।

वह पहला मनुष्य जहाँ गया था, वहीं सब कोई जाने लगे। कुछ काल में वह स्थान पूज्य हो गया और पहला आदमी चाहे वहाँ किसी उद्देश्य से आया हो, अब वहाँ जाना ही लोगों का उद्देश्य रह गया। बड़े आदमी वहाँ घोड़ो, हाथियों पर आते, मखमल-कनात बिछाते जाते और अपने को धन्य मानते जाते। गरीब आदमी कण-कण माँगते वहाँ आते और जो अभागे वहाँ न आ सकते, वे मरती बेला अपने पुत्र को थीजी की आन दिलाकर वहाँ जाने का निवेदन कर जाते। प्रयोजन यह है कि वहाँ मनुष्यों का प्रवाह बढ़ता ही गया।

एक सज्जन ने वहाँ आने वाले लोगों को कठिनाई न हो, इसलिए उस पवित्र स्थान के चारों ओर, जहाँ वह प्रथम मनुष्य आया था, हाता खिंचवा दिया। दूसरे ने, पहले के काम में कुछ जोड़ने या अपने नाम में कुछ जोड़ने के लोभ से उस पर एक छप्पर डलवा दिया। तीसरे ने, जो इन दोनों से पीछे रहना न चाहता था, एक सुन्दर मकान से उस भूमि को ढक दिया, उस पर सोने का कलश चढ़ा दिया, चारों ओर

से बेल छवा दी। अब वह यात्रा, जो उस स्थान तक होती थी, उसकी सीमा की दीवारों और टट्टियों तक रह गई, क्योंकि प्रत्येक मनुष्य भीतर नहीं जा सकता। इस 'इनर सर्कल' के पुजारी बने, भीतर जाने की भेंट हुई, यात्रा का चरम उद्देश्य बाहर की दीवार को स्पर्श करना ही रह गया, क्योंकि वह भी भाग्यवानों को ही मिलने लगा।

कहना नहीं होगा, आने वालों के विश्राम के लिए धर्मशालाएँ, कूप और तड़ाग, विलासों के लिए शुण्डा और सूणा, रमणिएँ और आमोद जमने लगे और प्रति वर्ष जैसे भीतर जाने की योग्यता घटने लगी, बाहर रहने की योग्यता, और इन विलासों में भाग लेने की योग्यता बढ़ी। उस भीड़ में ऐसे वेदान्ती भी पाए जाने लगे, जो दूसरे की जेब को अपनी ही समझकर रुपया निकाल लेते। कभी-कभी ब्रह्म एक ही है, उससे जार और पति में भेद के अध्याय को मिटा देनेवाली अद्वैतवादिनी और स्वकीया-परकीया के भ्रम से अवधूत-विधूत सदाचारों के शुद्ध द्वैत के कारण रक्तपात भी होने लगा। पहले यात्राएँ दिन ही दिन में होती थीं, मन से होती थीं, अब चार-चार दिन में नाच-गान के साथ और ऑफिस के काम को करते सवारी आने लगी।

एक सज्जन ने देखा कि यहाँ आने वालों को समय के ज्ञान के बिना बड़ा कष्ट होता है। अतएव उस पुण्यात्मा ने बड़े व्यय से एक घंटाघर उस नए बने मकान के ऊपर लगवा दिया। रात के अन्धकार में उसका प्रकाश और सुनसानी में उसका मधुर स्वर क्या पास के और क्या दूर के, सबके चित्त को सुखी करता था। वास्तव में ठीक समय पर उठा देने और सुला देने के लिए, एकान्त में पापियों को डराने और साधुओं को आश्वासन देने के लिए वह काम देने लगा। एक सेठ ने इस घण्टे की सुईयाँ सोने की बनवा दीं और दूसरे ने रोज उसकी आरती उतारने का प्रबन्ध कर दिया।

कुछ काल बीत गया। लोग पुरानी बातों को भूलने लग गए। भीतर जाने की बात तो किसी को याद नहीं रही। लोग मन्दिर की दीवार का छूना ही ठीक मानने लगे। एक फिरका खड़ा हो गया, जो कहता था कि मन्दिर की दक्षिण दीवार छूनी चाहिए, दूसरा कहता कि

उत्तर दीवार को बिना छुए जाना पाप है। पन्द्रह पंडितों ने अपने मस्तिष्क, दूसरों की रोटियाँ और तीसरों के धैर्य का नाश करके दस पर्वों के एक ग्रन्थ में सिद्ध कर दिया या सिद्ध करके अपने को धोखा देना चाहा कि दोनों झूठे हैं। पवित्रता प्राप्त करने के लिए घंटे की मधुर ध्वनि का सुनना मात्र पर्याप्त है। मन्दिर के भीतर जाने का तो किसी को अधिकार ही नहीं है, बाहर की शुण्डा और सूणा में बैठने से भी पुण्य होता है, क्योंकि घंटे का पवित्र स्वन उन्हें पूत कर चुका है। इस सिद्ध करने या सिद्ध करने के मिस का बड़ा फल हुआ। ग्राहक अधिक जुटने लगे। और उन्हें अनुकूल देखकर नियम किए गए कि रास्ते में इतने पैंड़ रखने से घंटा बजे तो यों कान खड़ा करके सुनना, अमुक स्थान पर वाम चरण से खड़े होना और अमुक पर दक्षिण से। यहाँ तक कि मार्ग में छींकने तक का कर्मकाण्ड बन गया।

और भी समय बीता। घंटाघर सूर्य के पीछे रह गया। सूर्य क्षितिज पर आकर लोगों को उठाता और काम में लगाता। घंटाघर कहा करता कि अभी सोये रहो। इसी से घंटाघर के पास कई छोटी-मोटी घड़ियाँ बन गई। प्रत्येक की टिक-टिक बकरी और झलटी को मात करती। उन छोटी-मोटियों से घबरा के लोग सूर्य की ओर देखते और घंटाघर की ओर देखकर आह भर देते। अब यदि वह पुराना घंटाघर, वह प्यारा पाला-पोसा घंटा ठीक समय न बतावे तो चारों दिशाएँ उससे प्रतिध्वनि के मिस से पूछती हैं कि तू यहाँ क्यों है? वह घृणा से उत्तर देता है कि मैं जो कहूँ, वही समय है। वह इतने ही में सन्तुष्ट नहीं है कि उसका काम वह नहीं कर सकता और दूसरे अपने आप उसका काम दे रहे हैं, वह इसी में तृप्त नहीं है कि उसका ऊँचा सिर वैसे ही खड़ा है, उसके माँजनेवालों को वही वेतन मिलता है और लोग उसके यहाँ आना नहीं भूले हैं। अब यदि वह इतने पर भी सन्तुष्ट नहीं और चाहे कि लोग अपनी घड़ियों के ठीक समय को बिगाड़ें, उनकी गति को रोकें ही नहीं, प्रत्युत उन्हें उलटी चलावें, सूर्य उनकी आज्ञानुसार एक मिनट में चार डिग्री पीछे हटे और लोग जागकर भी उसे देखकर सोना ठीक समझें, उसका बिगड़ा और पुराना काल सबको सन्तोष दे, तो

वज्र निर्घोष से अपने सम्पूर्ण तेज से, सत्य के वेग से मैं कहूँगा, "भगवान, नहीं, कभी नहीं। हमारी आँखों को तुम ठग सकते हो, किन्तु हमारी आत्मा को नहीं। वह हमारी नहीं है। जिस काम के लिए आप आए थे, वह हो चुका, सच्चे या झूठे, तुमने अपने नौकरों का पेट पाला। यदि चुपचाप खड़े रहना चाहो तो खड़े रहो, नहीं तो यदि तुम हमारी घड़ियों के बदलने का हठ करोगे तो सत्यों के पिता और मिथ्याओं के परम शत्रु के नाम पर मेरा-सा तुम्हारा शत्रु और कोई नहीं है। आज से तुम्हारे-मेरे में अन्धकार और प्रकाश की सी शत्रुता है, क्योंकि यहाँ मित्रता नहीं हो सकती। तुम बिना आत्मा की देह हो, बिना देह का कपड़ा हो, बिना सत्य के झूठे हो। तुम जगदीश्वर के नहीं हो, और न तुम पर उसकी सम्मति है, यह व्यवस्था किसी और की दी हुई है। जो उचक्का मुझे तमंचा दिखा दे, मेरी थैली उसी की, जो दुष्ट मेरी आँख में सुई डाल दे, वह उसे फोड़ सकता है, किन्तु मेरी आत्मा मेरी और जगदीश्वर की है, उसे तू, हे बेतुके घंटाघर, नहीं छल सकता। अपनी भलाई चाहे तो हमारा धन्यवाद ले, और-और-और चला जा!!!"

(वैश्योपकारक : 1904)

सुखमय जीवन

परीक्षा देने के पीछे और उसके फल निकलने के पहले के दिन किस बुरी तरह बीतते हैं, यह उन्हीं को मालूम है जिन्हें उन्हें गिनने का अनुभव हुआ है। सुबह उठते ही परीक्षा से आज तक कितने दिन गए, यह गिनते और फिर 'कहावती आठ हफ्ते' में कितने दिन घटते हैं, यह गिनते हैं। कभी-कभी उन आठ हफ्तों पर कितने दिन चढ़ गए, यह भी गिनना पड़ता है। खाने बैठे हैं और डाकिये के पैर की आहट आई। कलेजा मुँह को आया। मुहल्ले में तार का चपरासी आया कि हाथ-पाँव काँपने लगे। न जागते चैन, न सोते। सपने में भी यह दिखता है कि परीक्षक साहब एक आठ हफ्ते की लम्बी छुरी लेकर छाती पर बैठे हुए हैं।

मेरा भी बुरा हाल था। एल.एल.बी. का फल अबकी और भी देर से निकलने को था। न मालूम क्या हो गया था, या तो कोई परीक्षक मर गया था या उसको प्लेग हो गया था। उसके पर्चे किसी दूसरे के पास भेजे जाने को थे। बार-बार यही सोचता था कि प्रश्नपत्रों की जाँच किए पीछे सारे परीक्षकों और रजिस्ट्रारों को भले ही प्लेग हो जाए, अभी तो दो हफ्ते माफ करें। नहीं तो परीक्षा के पहले ही उन सबको प्लेग क्यों न हो गया? रात-भर नींद नहीं आई थी, सिर घूम रहा था; अखबार पढ़ने बैठा कि देखता क्या हूँ कि लिनोटाइप की मशीन ने चार-पाँच पंक्तियाँ उलटी छाप दी हैं। बस, अब नहीं सहा गया—सोचा कि घर से निकल चलो; बाहर ही कुछ जी बहलेगा। लोहे का घोड़ा

उठाया कि चल दिए।

तीन-चार मील जाने पर शान्ति मिली। हरे-हरे खेतों की हवा, कहीं पर चिड़ियों की चहचह और कहीं कुओं पर खेतों को सींचते हुए किसानों का सुरीला गाना, कहीं देवदार के पत्तों की सोंधी बास और कहीं उनमें हवा का सीं-सीं करके बजना— सबने मेरे चित्त को परीक्षा के भूत की सवारी से हटा लिया। बाइसिकिल भी गजब की चीज है। न दाना माँगे, न पानी, चलाए जाइए जहाँ तक पैरों में दम हो। सड़क पर कोई था ही नहीं, कहीं-कहीं किसानों के लड़के और गाँव के कुत्ते पीछे लग जाते थे। मैंने बाइसिकिल को और भी हवा कर दिया। सोचा कि मेरे घर सितारपुर से पन्द्रह मील पर कालानगर है—वहाँ की मलाई की बरफ अच्छी होती है और वहीं मेरे एक मित्र रहते हैं; वे कुछ सनकी हैं। कहते हैं कि जिसे पहले देख लेंगे, उससे विवाह करेंगे। उनसे कोई विवाह की चर्चा करता है, तो अपने सिद्धान्त के मण्डन का व्याख्यान देने लग जाते हैं। चलो, उन्हीं से सिर खाली करें।

खयाल-पर-खयाल बन्धने लगा। उनके विवाह का इतिहास याद आया। उनके पिता कहते थे कि सेठ गनेशलाल की एकलौती बेटी से अबकी छुट्टियों में तुम्हारा ब्याह कर देंगे। पड़ोसी कहते थे कि सेठजी की लड़की कानी और मोटी है और आठ ही वर्ष की है। पिता कहते थे कि लोग जलकर ऐसी बातें उड़ाते हैं; और लड़की वैसी हो भी तो क्या, सेठजी के कोई लड़का है नहीं; बीस-तीस हजार का गहना देंगे। मित्र महाशय मेरे साथ-साथ पहले डिबेटिंग क्लबों में बाल-विवाह और माता-पिता की ज़बरदस्ती पर इतने व्याख्यान झाड़ चुके थे कि अब मारे लज्जा के साथियों में मुँह नहीं दिखाते थे। क्योंकि पिता जी के सामने चीं करने की हिम्मत नहीं थी। व्यक्तिगत विचार से साधारण विचार उठने लगे। हिन्दू-समाज ही इतना सड़ा हुआ है कि हमारे उच्च विचार कुछ चल ही नहीं सकते। अकेला चना भाड़ नहीं फोड़ सकता। हमारे सद्विचार एक तरह के पशु हैं जिनकी बलि माता-पिता की जिद और हठ की वेदी पर चढ़ाई जाती है। भारत का उद्धार तब तक नहीं हो सकता।

फिस्स्स् ! एकदम अर्श से फर्श पर गिर पड़े। बाइसिकिल की फुँक निकल गई। कभी गाड़ी नाव पर, कभी नाव गाड़ी पर। पम्प साथ नहीं था और नीचे देखा तो जान पड़ा कि गाँव के लड़कों ने सड़क पर ही काँटों की बाड़ लगाई है। उन्हें भी दो गालियाँ दीं, पर उससे तो पंक्चर सुधरा नहीं। कहाँ तो भारत का उद्धार हो रहा था और कहाँ अब कालानगर तक इस चरखे को खेंच ले जाने की आपत्ति से कोई निस्तार नहीं दिखता। पास के मील के पत्थर पर देखा कि कालानगर यहाँ से सात मील है। दूसरे पत्थर के आते-आते मैं बेदम हो लिया था। धूप जेठ की, और कंकरीली सड़क, जिसमें लदी हुई बैलगाड़ियों की मार से छः-छः इंच शक्कर की-सी बारीक पिसी हुई सफेद मिट्टी बिछी हुई। काले पेटेंट लैदर के जूतों पर एक-एक इंच सफेद पालिश चढ़ गई। लाल मुँह को पोंछते-पोंछते रूमाल भीग गया और मेरा सारा आकार सभ्य विद्वान का-सा नहीं, वरन् सड़क कूटने वाले मजदूर का-सा हो गया। सवारियों के हम लोग इतने गुलाम हो गए हैं कि दो तीन मील चलते ही छठी का दूध याद आने लगता है।

2

"बाबूजी, क्या बाइसिकिल में पंक्चर हो गया है?"

एक तो चश्मा, उस पर रेत की तह जमी हुई, उस पर ललाट से टपकते हुए पसीने की बून्दें, गर्मी की चिढ़ और कालीरात की सी लम्बी सड़क। मैंने देखा ही नहीं था कि दोनों ओर क्या है। यह शब्द सुनते ही सिर उठाया, तो देखा कि एक सोलह-सत्रह वर्ष की कन्या सड़क के किनारे खड़ी है।

"हाँ, हवा निकल गई है और पंक्चर भी हो गया है। पम्प मेरे पास है नहीं। कालानगर बहुत दूर तो है नहीं, अभी जा पहुँचता हूँ।"

अन्त का वाक्य मैंने सिर्फ़ ऐंठ दिखाने के लिए कहा था। मेरा जी जानता था कि पाँच मील पाँच सौ मील के-से दिख रहे थे।

"इस सूरत से तो आप कालानगर क्या कलकत्ते पहुँच जाएँगे। जरा भीतर चलिए, कुछ जल पीजिए। आपकी जीभ सूखकर तालू से

चिपट गई होगी। चाचाजी की बाइसिकिल में पम्प है और हमारा नौकर गोविन्द पंक्चर सुधारना भी जानता है।"

"नहीं, नहीं–"

"नहीं, नहीं क्या, हाँ, हाँ!"

यों कहकर बालिका ने मेरे हाथ से बाइसिकिल छीन ली और सड़क के एक तरफ हो ली। मैं भी उसके पीछे चला। देखा कि एक कँटीली बाढ़ से घिरा बगीचा है जिसमें एक बंगला है। यहीं पर कोई 'चाचाजी' रहते होंगे, परन्तु यह बालिका कैसी?

मैंने चश्मा रूमाल से पोंछा और उसका मुँह देखा। पारसी चाल की एक गुलाबी साड़ी के नीचे चिकने काले बालों से घिरा हुआ उसका मुखमण्डल दमकता था और उसकी आँखें मेरी ओर कुछ दया, कुछ हँसी और कुछ विस्मय से देख रही थीं। बस पाठक! ऐसी आँखें मैंने कभी नहीं देखी थीं। मानो वे मेरे कलेजे को घोलकर पी गईं। एक अद्‌भुत कोमल, शान्त ज्योति उनमें से निकल रही थी। कभी एक तीर में मारा जाना सुना है? कभी एक निगाह में हृदय बेचना पड़ा है? कभी तारामैत्रक और चक्षुमैत्री नाम आए हैं? मैंने एक सेकंड में सोचा और निश्चय कर लिया कि ऐसी सुन्दर आँखें त्रिलोकी में न होंगी और यदि किसी स्त्री की आँखों को प्रेमबुद्धि से कभी देखूंगा तो इन्हीं को।

"आप सितारपुर से आए हैं। आपका नाम क्या है?"

"मैं जयदेवशरण वर्मा हूँ। आपके चाचाजी..."

"ओ–हो, बाबू जयदेवशरण वर्मा, बी.ए.; जिन्होंने 'सुखमय जीवन' लिखा है ! मेरा बड़ा सौभाग्य है कि आपके दर्शन हुए! मैंने आपकी पुस्तक पढ़ी है और चाचाजी तो उसकी प्रशंसा बिना किए एक दिन भी नहीं जाने देते। वे आपसे मिलकर बहुत प्रसन्न होंगे; बिना भोजन किए आपको न जाने देंगे और आपके ग्रंथ के पढ़ने से हमारा परिवार-सुख कितना बढ़ा है, इस पर कम से कम दो घंटे तक व्याख्यान देंगे।"

स्त्री के सामने उसके नैहर की बड़ाई कर दे और लेखक के सामने उसके ग्रंथ की, यह प्रिय बनने का अमोघ मंत्र है। जिस साल मैंने बी.ए. पास किया था, उस साल कुछ दिन लिखने की धुन उठी थी।

लॉ कालेज के फर्स्ट ईयर में सेक्शन और कोड की परवाह न करके एक 'सुखमय जीवन' नामक पोथी लिख चुका था। समालोचकों ने आड़े हाथों लिया था और वर्ष भर में सत्रह प्रतियां बिकी थीं। आज मेरी कदर हुई कि कोई उसका सराहने वाला तो मिला।

इतने में हम लोग बरामदे में पहुँचे, जहाँ पर कनटोप पहने, पंजाबी ढंग की दाढ़ी रखे अधेड़ महाशय कुर्सी पर बैठे पुस्तक पढ़ रहे थे। बालिका बोली,

"चाचाजी, आज आपके बाबू जयदेवशरण वर्मा बी.ए. को साथ लाई हूँ। इनकी बाइसिकिल बेकाम हो गई है। अपने प्रिय ग्रंथकार से मिलाने के लिए कमला को धन्यवाद मत दीजिए, दीजिए उनके पम्प भूल आने को!"

वृद्ध ने जल्दी ही चश्मा उतारा और दोनों हाथ बढ़ाकर मुझसे मिलने के लिए पैर बढ़ाए।

"कमला, जरा अपनी माता को तो बुला ला। आइए बाबू साहब, आइए। मुझे आपसे मिलने की बड़ी उत्कण्ठा थी। मैं गुलाबराय वर्मा हूँ। पहले कमसेरियट में हेड-क्लर्क था। अब पेन्शन लेकर इस एकान्त स्थान में रहता हूँ। दो गौ रखता हूँ और कमला तथा उसके भाई प्रबोध को पढ़ाता हूँ। मैं ब्रह्मसमाजी हूँ; मेरे यहाँ परदा नहीं है। कमला ने हिन्दी मिडिल पास कर लिया है । हमारा समय शास्त्रों के पढ़ने में बीतता है। मेरी धर्मपत्नी भोजन बनाती और कपड़े सी लेती है; मैं उपनिषद् और योगवासिष्ठ का तर्जुमा पढ़ा करता हूँ। स्कूल में लड़के बिगड़ जाते हैं, प्रबोध को इसलिए घर पर पढ़ाता हूँ।"

इतना परिचय दे चुकने पर वृद्ध ने श्वास लिया। मुझे भी इतना ज्ञान हुआ कि कमला के पिता मेरी जाति के ही हैं। जो कुछ उन्होंने कहा था, उसकी ओर मेरे कान नहीं थे, मेरे कान उधर थे, जिधर से माता को लेकर कमला आ रही थी।

"आपका ग्रन्थ बड़ा ही अपूर्व है। दाम्पत्य-सुख चाहने वालों के लिए लाख रुपये से भी अनमोल है। धन्य है आपको! स्त्री को कैसे प्रसन्न रखना, घर में कलह कैसे नहीं होने देना, बाल-बच्चों को क्योंकर

सच्चरित्र बनाना, इन सब बातों में आपके उपदेश पर चलने वाला पृथ्वी पर ही स्वर्ग-सुख भोग सकता है। पहले कमला की माँ और मेरी कभी-कभी खटपट हो जाया करती थी। उसके ख्याल अभी पुराने ढंग के हैं। पर जब कि मैं रोज भोजन के पीछे उसे आध घंटे तक आपकी पुस्तक का पाठ सुनाने लगा हूँ, तब से हमारा जीवन हिंडोले की तरह झूलते-झूलते बीतता है।''

मुझे कमला की माँ पर दया आई, जिसको वह कूड़ा-करकट रोज सुनना पड़ता होगा। मैंने सोचा कि हिन्दी के पत्र-सम्पादकों में यह बूढ़ा क्यों न हुआ? यदि होता तो आज मेरी तूती बोलने लगती।

''आपको गृहस्थ जीवन का कितना अनुभव है! आप सब कुछ जानते हैं! भला इतना ज्ञान कभी पुस्तकों से मिलता है? कमला की माँ कहा करती थी कि आप केवल किताबों के कीड़े हैं, सुनी-सुनाई बातें लिख रहे हैं। मैं बार-बार यह कहता था कि इस पुस्तक के लिखने वाले को परिवार का खूब अनुभव है। धन्य है आपकी सहधर्मिणी! आपका और उसका जीवन कितने सुख से बीतता होगा! और जिन बालकों के आप पिता हैं, वे कैसे बड़भागी हैं कि सदा आपकी शिक्षा में रहते हैं; आप जैसे पिता का उदाहरण देखते हैं।''

कहावत है कि वेश्या अपनी अवस्था कम दिखाना चाहती है और साधु अपनी अवस्था अधिक दिखाना चाहता है। भला, ग्रंथकार का पद इन दोनों में किसके समान है? मेरे मन में आया कि कह दूँ कि अभी मेरा पचीसवाँ वर्ष चल रहा है, कहाँ का अनुभव और कहाँ का परिवार? फिर सोचा कि ऐसा कहने से ही मैं वृद्ध महाशय की निगाहों से उतर जाऊँगा और कमला की माँ सच्ची हो जाएगी कि बिना अनुभव के छोकरे ने गृहस्थ के कर्त्तव्य-धर्मों पर पुस्तक लिख मारी है। यह सोचकर मैं मुसकरा दिया और ऐसी तरह मुँह बनाने लगा कि वृद्ध ने समझा कि अवश्य मैं संसार-समुद्र में गोते मारकर नहाया हुआ हूँ।

3

वृद्ध ने उस दिन मुझे जाने नहीं दिया। कमला की माता ने प्रीति के

साथ भोज़न कराया और कमला ने पान लाकर दिया। न मुझे अब कालानगर की मलाई की बरफ याद रही और न सनकी मित्र की। चाचाजी की बातों में फी सैंकड़े सत्तर तो मेरी पुस्तक और उसके रामबाण लाभों की प्रशंसा थी; जिसको सुनते-सुनते मेरे कान दुख गए। फी सैंकड़ा पचीस वह मेरी प्रशंसा और मेरे पति-जीवन और पितृ-जीवन की महिमा गा रहे थे। काम की बात बीसवाँ हिस्सा थी, जिससे मालूम पड़ा कि अभी कमला का विवाह नहीं हुआ है, उसे अपनी फूलों की क्यारी को सम्हालने का बड़ा प्रेम है, वह सखी के नाम से 'महिला मनोहर' मासिक पत्र में लेख भी दिया करती है।

सायंकाल को मैं बगीचे में टहलने निकला। देखता क्या हूँ कि एक कोने में केले के झाड़ों के नीचे मोतिये और रजनीगन्धा की क्यारियाँ हैं और कमला उनमें पानी दे रही है। मैंने सोचा कि यही समय है। आज मरना है या जीना है। उसको देखते ही मेरे हृदय में प्रेम की अग्नि जल उठी थी और दिन भर वहाँ रहने से वह धधकने लग गई थी। दो ही पहर में मैं बालक से युवा हो गया था। अंग्रेज़ी महाकाव्यों में, प्रेममय उपन्यासों में और कोर्स के संस्कृत-नाटकों में जहाँ-जहाँ प्रेमिका-प्रेमिक का वार्तालाप पढ़ा था, वहाँ-वहाँ दृश्य का स्मरण करके वहाँ-वहाँ के वाक्यों को घोख रहा था। पर यह निश्चय नहीं कर सका कि इतने थोड़े परिचय पर भी बात कैसे करनी चाहिए। अन्त को अंग्रेज़ी पढ़नेवाले की धृष्टता ने आर्यकुमार की शालीनता पर विजय पाई और चपलता कहिए, बेसमझी कहिए, ढीठपन कहिए, पागलपन कहिए, मैंने दौड़कर कमला का हाथ पकड़ लिया। उसके चेहरे पर सुर्खी दौड़ गई और डोलची उसके हाथ से गिर पड़ी। मैं उसके कान में कहने लगा,

"आपसे एक बात करनी है।"

"क्या? यहाँ कहने की कौन सी बात है?"

"जब से आपको देखा है तब से..."

"बस, चुप करो। ऐसी धृष्टता!"

अब मेरा वचन-प्रवाह उमड़ चुका था। मैं स्वयं नहीं जानता था कि मैं क्या कर रहा हूँ, पर लगा बकने, "प्यारी कमला, तुम मुझे प्राणों

से बढ़कर हो; प्यारी कमला, मुझे अपना भ्रमर बनने दो। मेरा जीवन तुम्हारे बिना मरूस्थल है, उसमें मंदाकिनी बनकर बहो। मेरे जलते हुए हृदय में अमृत की पट्टी बन जाओ। जब से तुम्हें देखा है, मेरा मन मेरे अधीन नहीं है। मैं तब तक शान्ति न पाऊँगा जब तक तुम..."

कमला जोर से चीख उठी और बोली—"आपको ऐसी बातें कहते लज्जा नहीं आती? धिक्कार है आपकी शिक्षा को और धिक्कार है आपकी विद्या को! इसी को आपने सभ्यता मान रखा है कि अपरिचित कुमारी से एकान्त ढूंढकर ऐसा घृणित प्रस्ताव करें! तुम्हारा यह साहस कैसे हो गया? तुमने मुझे क्या समझ रखा है? 'सुखमय जीवन' का लेखक और ऐसा घृणित चरित्र। चुल्लू-भर पानी में डूब मरो। अपना काला मुँह मुझे मत दिखाओ। अभी चाचाजी को बुलाती हूँ।"

मैं सुनता जा रहा था। क्या मैं स्वप्न देख रहा हूँ? यह अग्नि वर्षा मेरे किस अपराध पर? तो भी मैंने हाथ नहीं छोड़ा। कहने लगा, "सुनो कमला, यदि तुम्हारी कृपा हो जाए, तो सुखमय जीवन..."

"देखा तेरा सुखमय जीवन! आस्तीन के साँप! पापात्मा!! मैंने साहित्य-सेवी जानकर और ऐसे उच्च विचारों का लेखक समझकर तुझे अपने घर में घुसने दिया और तेरा विश्वास और सत्कार किया था। प्रच्छन्नपापिन्! वकदाम्भिक! बिडालव्रतिक! मैंने तेरी सारी बातें सुन ली हैं।" चाचाजी आकर लाल-लाल आँखें दिखाते हुए, क्रोध से काँपते हुए कहने लगे, "शैतान, तुझे यहाँ आकर माया-जाल फैलाने का स्थान मिला। ओफ़्! मैं तेरी पुस्तक से छला गया। पवित्र जीवन की प्रशन्सा में फार्मों के फार्म काले करने वाले, तेरा ऐसा हृदय! कपटी! विष के घड़े..."

उनका धाराप्रवाह बन्द ही नहीं होता था, पर कमला की गालियाँ और थीं और चाचाजी की और। मैंने भी गुस्से में आकर कहा, "बाबू साहब, जबान सँभालकर बोलिए। आपने अपनी कन्या को शिक्षा दी है और सभ्यता सिखाई है, मैंने भी शिक्षा पाई है और कुछ सभ्यता सीखी है। आप धर्म सुधारक हैं। यदि मैं उसके गुण और रूप पर आसक्त हो गया, तो अपना पवित्र प्रणय उसे क्यों न बताऊँ। पुराने ढर्रे के

पिता दुराग्रही होते सुने गए हैं। आपने क्यों सुधार का नाम लजाया है?''

''तुम सुधार का नाम मत लो। तुम तो पापी हो। 'सुखमय जीवन' के कर्त्ता होकर...''

''भाड़ में जाए 'सुखमय जीवन'! उसी के मारे नाकों दम है!!! 'सुखमय जीवन' के कर्त्ता ने क्या यह शपथ खा ली है कि जनम-भर क्वाँरा ही रहे ? क्या उसमें प्रेमभाव नहीं हो सकता? क्या उसमें हृदय नहीं होता?''

''हें, जनम भर क्वाँरा?''

''हें काहे की? मैं तो आपकी पुत्री से निवेदन कर रहा था कि जैसे उसने मेरा हृदय हर लिया है, वैसे यदि अपना हाथ मुझे दे, तो उसके साथ 'सुखमय जीवन' के उन आदर्शों को प्रत्यक्ष अनुभव करूँ, जो अभी तक मेरी कल्पना में हैं। पीछे हम दोनों आपकी आज्ञा माँगने आते। आप तो पहले ही दुर्वासा बन गए।''

''तो आपका विवाह नहीं हुआ? आपकी पुस्तक से तो जान पड़ता है कि आप कई वर्षों के गृहस्थ-जीवन का अनुभव रखते हैं। तो कमला की माता ही सच्ची थीं।''

इतनी बातें हुई थीं, पर न मालूम क्यों मैंने कमला का हाथ नहीं छोड़ा था। इतनी गर्मी के साथ शास्त्रार्थ हो चुका था, परन्तु वह हाथ जो क्रोध के कारण लाल हो गया था, मेरे हाथ में ही पकड़ा हुआ था। अब उसमें सात्विक भाव का पसीना आ गया था और कमला ने लज्जा से आँखें नीची कर ली थीं। विवाह के पीछे कमला कहा करती है कि न मालूम विधाता की किस कला से उस समय मैंने तुम्हें झटककर अपना हाथ नहीं खैंच लिया। मैंने कमला के दोनों हाथ खैंचकर अपने हाथों के सम्पुट में ले लिये (और उसने उन्हें हटाया नहीं!) और इस तरह चारों हाथ जोड़कर वृद्ध से कहा :

''चाचाजी, उस निकम्मी पोथी का नाम मत लीजिए। बेशक, कमला की माँ सच्ची है। पुरुषों की अपेक्षा स्त्रियाँ अधिक पहचान सकती हैं कि कौन अनुभव की बातें कह रहा है और कौन गप्पें हाँक रहा है। आपकी आज्ञा हो, तो कमला और मैं दोनों सच्चे सुखमय जीवन

का आरम्भ करें। दस वर्ष पीछे मैं जो पोथी लिखूँगा, उसमें किताबी बातें न होंगी, केवल अनुभव की बातें होंगी।''

वृद्ध ने जेब से रूमाल निकालकर चश्मा पोंछा और अपनी आँखें पोंछी। आँखों पर कमला की माता की विजय होने के क्षोभ के आँसू थे, या घर बैठे पुत्री को योग्य पात्र मिलने के हर्ष के आँसू, राम जाने।

उन्होंने मुसकराकर कमला से कहा, ''दोनों मेरे पीछे-पीछे चले आओ। कमला! तेरी माँ ही सच कहती थी।'' वृद्ध बंगले की ओर चलने लगे। उनकी पीठ फिरते ही कमला ने आँखें मूँदकर मेरे कन्धे पर सिर रख दिया।

प्रथम प्रकाशन : भारत मित्र, सन् 1911

बुद्धू का काँटा

रघुनाथ पूप् प्रसाद तूत् त्रिवेदी या रूग्नात् पर्शाद तिर्वेदी यह क्या?

क्या करें, दुविधा में जान है। एक ओर तो हिन्दी का यह गौरवपूर्ण दावा है कि इसमें जैसा बोला जाता है, वैसा लिखा जाता है और जैसा लिखा जाता है, वैसा ही बोला जाता है। दूसरी ओर हिन्दी के कर्णधारों का अविगत शिष्टाचार है कि जैसे धर्मोपदेशक कहते हैं कि हमारे कहने पर चलो, हमारी करनी पर मत चलो, वैसे ही जैसे हिन्दी के आचार्य लिखें, वैसे लिखो, जैसे वे बोलें, वैसे मत लिखो, शिष्टाचार भी कैसा? हिन्दी साहित्य सम्मेलन के सभापति अपने व्याकरण कषायित कण्ठ से कहें 'पर्सोत्तमदास' और 'हर्किसन्लाल' और उनके पिट्ठू छापें ऐसी तरह कि पढ़ा जाए- 'पुरूषोत्तम अ दास अ' और 'हरिकृष्णलाल अ'! अजी जाने भी दो, बड़े-बड़े बह गए और गधा कहे कितना पानी! कहानी कहने चले हो या दिल के फफोले फोड़ने?

अच्छा, जो हुकुम। हम लालाजी के नौकर हैं, बैंगनों के थोड़े ही हैं। रघुनाथप्रसाद त्रिवेदी अब के इन्टरमीडिएट परीक्षा में बैठा है। उसके पिता दारसूरी के पहाड़ के रहने वाले और आगरे के बुझातिया बैंक के मैनेजर हैं। बैंक के दफ्तर के पीछे चौक में उनका तथा उनकी स्त्री का बारहमासिया मकान है। बाबू बड़े सीधे, अपने सिद्धान्तों के पक्के और खरे आदमी हैं, जैसे पुराने ढंग के होते हैं। बैंक के स्वामी इन पर इतना भरोसा करते हैं कि कभी छुट्टी नहीं देते और बाबू काम के इतने पक्के हैं कि छुट्टी माँगते नहीं। न बाबू वैसे कट्टर सनातनी

हैं कि बिना मुँह धोए ही तिलक लगाकर स्टेशन पर दरभंगा महाराज के स्वागत को जाएँ, और न ऐसे समाजी ही हैं कि खंजड़ी लेकर 'तोड़ पोपगढ़ लंका का' करने दौड़ें। उसूलों के पक्के हैं।

हाँ, उसूलों के पक्के हैं। सुबह एक प्याला चाय पीते हैं तो ऐसा कि जेठ में भी नहीं छोड़ते और माघ में भी एक के दो नहीं करते। उर्द की दाल खाते हैं, क्या मजाल है कि बुखार में भी मूँग की दाल का एक दाना खा जाएँ। आजकल के एम.ए., बी.ए. पासवालों को हँसते हैं कि शेक्सपीयर और बेकन चाट जाने पर भी वे दफ्तर के काम की अंग्रेज़ी चिट्ठी नहीं लिख सकते। अपने जमाने के साथियों को सराहते हैं जो शेक्सपीयर के दो तीन नाटक न पढ़कर सारे नाटक पढ़ते थे, डिक्शनरी से अंग्रेज़ी शब्दों के लैटिन धातु याद करते थे। अपने गुरु बाबू प्रकाश बिहारी मुकर्जी की प्रशंसा रोज करते थे कि उन्होंने 'लायब्रेरी इम्तहान' पास किया था। ऐसा कोई दिन ही बीतता होगा (निगोशिएबल इन्सट्रूमेण्ट ऐक्ट के अनुसार होने वाली तातीलों को मत गिनिए) कि जब उनके 'लाइब्रेरी इम्तहान' का उपाख्यान नये बी.ए. हेडक्लर्क को उसके मन और बुद्धि की उन्नति के लिए उपदेश की तरह नहीं सुनाया जाता हो। लाट साहब ने मुकर्जी बाबू को बंगाल-लायब्रेरी में जाकर खड़ा कर दिया। राजा हरिश्चन्द्र के यज्ञ में बलि के खूंटे में बन्धे हुए शुनःशेप की तरह बाबू अलमारियों की ओर देखने लगे। लाट साहब मनचाहे जैसी अलमारियों से मनचाहे जैसी किताब निकालकर मनचाहे जहाँ से पूछने लगे। सब अलमारियाँ खुल गईं, सब किताबें चुक गईं, लाट साहब की बाँह दुख गई, पर बाबू कहते-कहते नहीं थके; लाट साहब ने अपने हाथ से बाबू को एक घड़ी दी और कहा कि मैं अंग्रेज़ी-विद्या का छिलका भर जानता हूँ, तुम उसकी गिरी खा चुके हो। यह कथा पुराण की तरह रोज कही जाती थी।

इन उसूल-धन बाबूजी का एक उसूल यह भी था कि लड़के का विवाह छोटी उमर में नहीं करेंगे। इनकी जाति में पाँच-पाँच वर्ष की कन्याओं के पिता लड़के वालों के लिए वैसे मुँह बाये रहते हैं जैसे पुष्कर की झील में मगरमच्छ नहानेवालों के लिए; और वे कभी-कभी दरवाज़े

पर धरना देकर आ बैठते थे कि हमारी लड़की लीजिए, नहीं तो हम आपके द्वार पर प्राण दे देंगे। उसूलों के पक्के बाबूजी इनके भय से देश ही नहीं जाते थे और वे कन्या-पिता-रूपी मगरमच्छ अपनी पहाड़ी गोह को छोड़कर आगरे आकर बाबूजी की निद्रा को भंग करते थे। रघुनाथ की माता को सास बनने का बड़ा चाव था। जहाँ वह कुछ कहना आरम्भ करती कि बाबूजी बैंक की लेजर-बुक खोलकर बैठ जाते या लकड़ी उठाकर घूमने चल देते। बहस करके स्त्रियों से आज तक कोई नहीं जीता, पर मष्ट मारकर जीत सकता है।

बाबू के पड़ोस में एक विवाह हुआ था। उस घर की मालकिन लाहना बाँटती हुई रघुनाथ की माँ के पास आई। रघुनाथ की माँ ने नई बहू को असीस दी और स्वयं मिठाई रखने तथा बहू की गोद में भरने के लिए कुछ मेवा लाने भीतर गई। इधर मुहल्ले की वृद्धा ने कहा, ''पन्द्रह बरस हो गए लाहना लेते-लेते। आज तक एक बतासा भी इनके यहाँ से नहीं मिला।'' दूसरी वृद्धा, जो तीन बड़ी और दो छोटी पतोहुओं की सेवा से इतनी सुखी थी कि रोज मृत्यु को बुलाया करती थी, बोली, ''बड़े भागों से बेटों का ब्याह होता है।''

तीसरी ने नाक की झुलनी हिलाकर कहा, ''अपना खाने-पहनने का लोभ कोई छोड़े तब तो बेटे की बहू लावे। बहू के आते ही खाने-पहनने में कमी जो हो जाती है''। चौथी ने कहा—''ऐसे कमाने खाने को आग लगे। यों तो कुत्ते भी अपना पेट भर लेते हैं। कमाई सफल करने का यही तो मौका हेाता है। इसके पति ने चारों बेटों के विवाह में मकान और जमीन गिरवी रख दिए थे और कम-से-कम अपने जीवन-भर के लिए कंगाली का कम्बल ओढ़ लिया था।''

अवश्य ही ये सब बातें रघुनाथ की माँ को सुनाने के लिए कही गई थीं। रघुनाथ की माँ भी जानती थी कि ये मुझे सुनाने को कही जा रही हैं, परन्तु उसके आते ही मुहल्ले की एक और ही स्त्री की निन्दा चल पड़ी और रघुनाथ की माँ यह जानकर भी कि उस स्त्री के पास जाते ही मेरी भी ऐसी निन्दा की जाएगी, हँसते-हँसते उनकी बातों में सम्मति देने लग गई। पतोहुओं से सुखिनी बुढ़िया ने एक हल्के-से

अनुदात्त से कहा, "अब तुम रघुनाथ का ब्याह इस साल तो करोगी?" उसके चाचा जानें, गहने तो बनवा रहे हैं।" रघुनाथ की माँ ने भी वैसे ही हल्के उदात्त से उत्तर दिया। उसके अनुदात्त को यह समझ गई और इसके उदात्त को वे सब। स्वर का विचार हिन्दुस्तान के मर्दों की भाषा में भले ही न रहा हो, स्त्रियों की भाषा में उससे अब भी कई अर्थ प्रकाश किए जाते हैं।

"मैं तुम्हें सलाह देती हूँ कि जल्दी रघुनाथ का ब्याह कर लो। कलयुग के दिन हैं, लड़का बोर्डिंग में रहता है, बिगड़ जाएगा। आगे तुम्हारी मर्जी, क्यों बहन, सच है न? तू क्यों नहीं बोलती?"

"मैं क्या कहूँ, मेरे रघुनाथ का-सा बेटा होता तो अब तक पोता खिलाती।" यों और दो-चार बातें करके यह स्त्री-दल चला गया और गृहिणी के हृदय-समुद्र को कई विचारों की लहरों से छलकता छोड़ गया।

सायंकाल भोजन करते समय बाबू बोले, "इन गर्मियों में रघुनाथ का ब्याह कर देंगे।"

स्त्री ने पहले ही लेजर और छड़ी छिपाकर ठान ली थी कि आज बाबूजी को दबाऊँगी कि पड़ोसियों की बोलियाँ नहीं सही जातीं। अचानक रंग पहले चढ़ गया। पूछने लगी, "हैं, आज यह कैसे सूझी?"

"दारसूरी से भैया की चिट्ठी आई है। बहुत कुछ बातें लिखी हैं। कहा है कि तुम तो परदेशी हो गए। यहाँ चार महीने बाद वृहस्पति सिंहस्थ हो जाएगा; फिर डेढ़-दो वर्ष तक ब्याह नहीं होंगे। इसलिए छोटी-छोटी बच्चियों के ब्याह हो रहे हैं, वृहस्पति के सिंह के पेट में पहुँचने के पहले कोई चार-पाँच वर्ष की लड़की कुँवारी नहीं बचेगी। फिर जब वृहस्पति कहीं शेर की दाढ़ में से जीता-जागता निकल आया तो न बराबर का घर मिलेगा, न जोड़ की लड़की। तुम्हें क्या है, गाँव में बदनाम तो हम हो रहे हैं। मैंने अभी दो-तीन घर रोक रखे हैं। तुम जानो, अब के मेरा कहना न मानोगे तो मैं तुमसे जन्म-भर बोलने का नहीं।"

"भैया ठीक तो कहते हैं।"

"मैं भी मानता हूँ कि अब लड़के का उन्नीसवां वर्ष है। अब

इन्टरमीडिएट पास हो ही जाएगा। अब हमारी नहीं चलेगी, देवर-भौजाई जैसा नचाएंगे, वैसा ही नाचना पड़ेगा। अब तक मेरी चली, यही बहुत हुआ।''

''भैया की कहो, मेरा कहना तो पाँच वर्ष से जो मान रहे हो''

''अच्छा, अब जिदो मत। मैंने दो महीने की छुट्टी ली है। छुट्टी मिलते ही देश चलते हैं। बच्चा को लिख दिया है कि इम्तहान देकर सीधा घर चला आ। दस-पन्द्रह दिन में आ जाएगा। तब तक हम घर भी ठीक कर लें और दिन भी। अब तुम आगरे बहू को लेकर आओगी।''

स्त्री ने सोचा, बताशेवाली बुढ़िया का उलाहना तो मिटेगा।

''बा' छा' मेरे हाल में आपका क्या जी लगेगा? गरीबों का क्या हाल? रब रोटी देता है, दिन-भर मेहनत करता हूँ, रात पड़ा रहता हूँ। बा'छा, तुम जैसे साईं लोकों की बरकत से मैं हज कर आया, ख़्वाजा का उर्स देख आया, तीन बेले नमाज पढ़ लेता हूँ, और मुझे क्या चाहिए? बा'छा, मेरा काम टट्टू चलाना नहीं है। अब तो इस मोती की कमाई खाता हूँ, कभी सवार ले जाता हूँ, कभी लादा, ढाई मण कणक पा लेता हूँ, तो दो पौली बच जाती है। रब की मरजी, मेरा अपना घर था; सिंहों के वक्त की काफ़ी ज़मीन थी, नाते-पडोसियों में मेरा नाम था। मैं धामपुर के नवाब का खाना बनाता था और मेरे घर में से उसके जनाने में पकाती थी। एक रात को मैं खाना बना-खिला के अपनी मंजड़ी पर सोया था कि मेरे मौला ने मुझे आवाज़ दी, 'लाही, लाही' हज कर आ।' मैं आँखें मल के खड़ा हो गया, पर कुछ दिखा नहीं। फिर सोने लगा कि फिर वही आवाज़ आई कि 'लाही, तू मेरी पुकार नहीं सुनता? जा, हज कर आ।' मैं समझा, मेरा मौला मुझे बुलाता है। फिर आवाज़ आई, 'लाही, चल पड़; मैं तेरे नाल हूँ, मैं तेरा बेड़ा पार करूँगा। मुझसे रहा नहीं गया। मैंने अपना कम्बल उठाया और आधी रात को चल पड़ा। बा'छा, मैं रातों चला, दिनों चला, भीख माँगकर चलते-चलते बम्बई पहुँचा। वहाँ मेरे पल्ले टका नहीं था, पर एक हिन्दू भाई ने मुझे टिकट

ले दिया। काफ़िले के साथ मैं जहाज पर चढ़ गया। वहीं मुझे छः महीने लगे। पूरी हज की। जब लौटे तो रास्ते में जहाज भटक गया। एक चट्टान पानी के नीचे थी, उससे टकरा गया। उसके पीछे की दोनों लालटेन ऊपर आ गईं और वे हमें शैतान की-सी आँखें दिखाई देने लगीं। सबने समझा मर जायेंगे, पानी में गोर बनेगी। कप्तान ने छोटी किश्तियाँ खोलीं और उनमें हाजियों को बिठाकर छोड़ दिया। मर्द का बच्चा आप अपनी जगह से नहीं टला, जहाज के नाल डूब गया। अंधेरे में कुछ सूझता नहीं था। सवेरा होते ही हमने देखा कि दो किश्तियाँ बह रही हैं और न जहाज है, न दूसरी किश्तियाँ। पता ही नहीं, हम कहाँ से किधर जा रहे थे। लहरें हमारी किश्तियों को उछालती, नचाती, डुबोती, झकोड़ती थीं। जो लम्हा बीतता था, हम खैर मनाते थे। पर मेरे मालिक ने करम किया। मेरे अल्लाह ने, मेरे मौला ने जैसे उस रात को कहा था, मेरा बेड़ा पार किया। तीन दिन, तीन रात हम बेपते बहते रहे, चौथे दिन माल के जहाज ने हमको उठा लिया और छठे दिन कराची में हमने दुआ की नमाज पढ़ी। पीछे सुना कि तीन सौ हाजी मर गए।

"वहाँ से मैं ख़्वाजा की जियारत को चला, अजमेर शरीफ़ में दरगाह का दीदार पाया। इस तरह बा'छा, साढ़े सात महीने पीछे मैं घर आया। आकर घर देखता क्या हूँ कि सब पटरा हो गया है। नवाब जब सबेरे उठा तो उसने नाश्ता माँगा। नौकरों ने कहा कि इलाही का पता नहीं। बस, वह जल गया। उसने मेरा घर फुंकवा दिया, मेरी जमीन अपनी रखवाले के भाई को दे दी और मेरी बीवी को लौंडी बनाकर कैद कर लिया। मैं उसका क्या ले गया था, अपना कम्बल ले गया था। और पिछले तीन महीने की तलब अपनी पेटी में उसके बावर्चीखाने में रख गया था। भला, मेरा मौला बुलावे और मैं न जाऊँ ? पर उसको जो एक घण्टा देर से खाना मिला, इससे बढ़कर और गुनाह क्या होता?

"इसके पन्द्रहवें दिन जनाने में एक सोने की अंगूठी खो गई। नबाव ने मेरी घरवाली पर शक किया। उसने पूछा तो वह बोली कि मेरा कौन-सा घर और घरवाला बैठा है कि उसके पास अंगूठी ले जाऊँगी।

मैं तो यहीं रहती हूँ। सीधी बात थी, पर उससे सुनी नहीं गई। जला-भूना तो था ही, बेंत लेकर लगा मारने। बा'छा, मैं क्या कहूँ, मौला मेरा गुनाह बख्शे, आज पाँच बरस हो गए हैं, पर जब मैं घरवाली की पीठ पर पचासों दागों की गुच्छियाँ देखता हूँ, तो यही पछतावा रहता है कि रब ने उस सूर का (तोबा! तोबा!) गला घोंटने को यहाँ क्यों न रखा। मारते-मारते जब मेरी घरवाली बेहोश हो गई तब डरकर उसे गाँव के बाहर फिंकवा दिया। तीसरे दिन वह वहाँ से घिसटती-घिसटती चलकर अपने भाई के यहाँ पहुँची।''

रघुनाथ ने रुन्धे गले से कहा, ''तुमने फरियाद नहीं की?''

''कचहरियाँ गरीबों के लिए नहीं हैं बा'छा, वे तो सेठों के लिए हैं। गरीबों की फरियाद सुननेवाला सुनता है। उसने पन्द्रह दिन में सुनकर हुकुम भी दे दिया। मेरी औरत को मारते-मारते उस पाजी के हाथ की अंगुली में बेंत की एक सली चुभ गई थी। वही पक गई। लहू में ज़हर हो गया। पन्द्रहवें दिन मर गया। हज से आकर मैंने सारा हाल सुना। अपने जले हुए घर को देखा और अपने परदादे की सिंहों की काफी ज़मीन को भी देखा। चला आया। मस्जिद में जाकर रोया। मेरे मौला ने मुझे हुकुम दिया, 'लाही, मैं तेरे नाल हूँ, अपनी जोरू को धीरज दे!' मैं साले के यहाँ पहुँचा। उसने पचीस रूपये दिए, मैं टट्टू मोल लेकर पहाड़ चला आया और यहाँ रब का नाम लेता हूँ और आप जैसे साईं लोगों की बन्दगी करता हूँ। रब का नाम बड़ा है।''

रघुनाथ इम्तहान देकर रेल से घराठनी तक आया। वहाँ तीस मील पहाड़ी रास्ता था। दूरी पर चूने के-से ढेर चमकते दिखने लगे, जो कभी न पिघलने वाली बर्फ के पहाड़ थे। रास्ता सांप की तरह चक्कर खाता था। मालूम होता कि एक घाटी पूरी हो गई है, पर ज्योंही मोड़ पर आते, त्योंही उसकी जड़ में एक और आधी मील का चक्कर निकल पड़ता। एक ओर ऊँचा पहाड़, दूसरी ओर ढाई सौ फुट गहरी खड्ड। और किराये के टट्टुओं की लत कि सड़क के छोर पर चलें जिससे सवार की एक टाँग तो खड्ड पर ही लटकती रहे। आगे वैसा ही रास्ता, वैसी ही खड्ड, सामने वैसे ही कोने पर चलने वाले टट्टू। जब धूप

बढ़ी और जी न लगा तो मोती के स्वामी इलाही से रघुनाथ ने उसका इतिहास पूछा। उसने जो सीधी और विश्वास से भरी, दुःख की धाराओं से भीगी हुई कथा कही, उससे कुछ मार्ग कट गया। कितने गरीबों का इतिहास ऐसी चित्र घटनाओं की धूप-छाया से भरा हुआ है, पर हम लोग प्रकृति के इन सच्चे चित्रों को न देखकर उपन्यासों की मृगतृष्णा में चमत्कार ढूँढते हैं।

धूप चढ़ गई थी कि वे एक गाँव में पहुँचे। गाँव के बाहर सड़क के सहारे एक कुआँ था और उसी के पास एक पेड़ के नीचे इलाही ने स्वयं और अपने मोती के लिए विश्राम करने का प्रस्ताव किया, "घोड़े को न्हारी देकर और पानी-वानी पीकर धूप ढलते ही चल देंगे और बात की बात में आपको घर पहुँचा देंगे।" रघुनाथ को भी टाँगें सीधी करने में कोई उज्र न था। खाने की इच्छा बिल्कुल न थी। हाँ, प्यास लग रही थी। रघुनाथ अपने बक्से में से लोटा डोर निकालकर कुएँ की तरफ चला।

कुएँ पर देखा कि छह-सात स्त्रियाँ पानी भरने और भरकर ले जाने की कई दशाओं में हैं। गाँवों में परदा नहीं होता। वहाँ सब पुरुष सब स्त्रियों से और सब स्त्रियाँ सब पुरुषों से निडर होकर बातें कर लेती हैं, और शहरों के लम्बे घूंघटों के नीचे जितना पाप होता है,उसका दसवाँ हिस्सा भी गाँवों में नहीं होता। इसी से तो कहावत में बाप ने बेटे को उपदेश दिया है कि लम्बे घूँघटवाली से बचना। अनजान पुरुष किसी भी स्त्री से 'बहन' कहकर बात कर लेता है और स्त्री बाज़ार में जाकर किसी भी पुरूष से 'भाई' कहकर बोल लेती है। यही वाचिक सन्धि दिनभर के व्यवहारों में 'पासपोर्ट' का काम दे देती है। हँसी-ठठ्ठा भी होता है, पर कोई दुर्भाव नहीं खड़ा होता। राजपूताने के गाँवों में स्त्री ऊँट पर बैठी निकल जाती है और खेतों के लोग "मामीजी, मामीजी" चिल्लाया करते हैं। न उसका अर्थ उस शब्द से बढ़कर कुछ होता है और न वह चिढ़ती है। एक गाँव में बारात जीमने बैठी। उस समय

स्त्रियाँ समधियों को गाली गाती हैं। पर गालियाँ न गाई जाती देख नागरिक-सुधारक बराती को बड़ा हर्ष हुआ। वह गाँव के एक वृद्ध से कह बैठा, "बड़ी खुशी की बात है कि आपके यहाँ इतनी तरक्की हो गई है।" बुड्ढ़ा बोला, "हाँ साहब, तरक्की हो रही है। पहले गालियों में कहा जाता था फलाने की फलानी के साथ और अमुक की अमुक के साथ। लोग-लुगाई सुनते थे, हँस देते थे। अब घर-घर में वे ही बातें सच्ची हो रही हैं। अब गालियाँ गाई जाती हैं तो चोरों की दाढ़ी में तिनके निकलते हैं। तभी तो आन्दोलन होते हैं कि गालियाँ बन्द करो, क्योंकि वे चुभती हैं।"

रघुनाथ यदि चाहता तो किसी भी पानी भरनेवाली से पीने को पानी मांग लेता, परन्तु उसने अब तक अपनी माता को छोड़कर किसी स्त्री से कभी बात नहीं की थी। स्त्रियों के सामने बात करने को उसका मुँह खुल न सका। पिता की कठोर शिक्षा से बालकपन से ही उसे वह स्वभाव पड़ गया था कि दो वर्ष प्रयाग में स्वतन्त्र रहकर भी वह अपने चरित्र को, केवल पुरुषों के समाज में बैठकर, पवित्र रख सका था। जो कोने में बैठकर उपन्यास पढ़ा करते हैं, उनकी अपेक्षा खुले मैदान में खेलनेवालों के विचार अधिक पवित्र रहते हैं। इसीलिए फुटबॉल और हॉकी के खिलाड़ी रघुनाथ को कभी स्त्री-विषयक कल्पना ही नहीं होती थी; वह मानवी सृष्टि में अपनी माता को छोड़कर और स्त्रियों के होने या न होने से अनभिज्ञ था, विवाह उसकी दृष्टि में एक आवश्यक किन्तु दुर्ज्ञेय बन्धन था। जिसमें सब मनुष्य फँसते हैं और पिता की आज्ञानुसार वह विवाह के लिए घर उसी रूचि से आ रहा था, जिससे के कोई पहले-पहल थियेटर देखने जाता है। कुएँ पर इतनी स्त्रियों को इकट्ठा देखकर वह सहम गया, उसके ललाट पर पसीना आ गया और उसका बस चलता तो वह बिना पानी पिए ही लौट जाता। अस्तु, चुपचाप डोर-लोटा लेकर एक कोने पर जा खड़ा हुआ और डोर खोलकर फाँसा देने लगा।

प्रयाग के बोर्डिंग की टोटियों की कृपा से, जन्म-भर कभी कुएँ से पानी नहीं खींचा था, न लोटे में फाँसा लगाया था। ऐसी अवस्था

में उसने सारी डोर कुएँ पर बिखेर दी और उसकी जो छोर लोटे से बान्धी, वह कभी तो लोटे को एक सौ बीस अंश के कोण पर लटकाती और कभी सत्तर पर। डोर के जब वट खुलते हैं तब वह बहुत पेंच खाती है। इन पेचों में रघुनाथ की बांहें भी उलझ गईं। सिर नीचा किए ज्योंही वह डोर को सुलझाता था, त्योंही वह उलझती जाती थी। उसे पता नहीं था कि गाँव की स्त्रियों के लिए वह अद्‌भुत कौतुक नयनोत्सव हो रहा था।

धीरे-धीरे टीका-टिप्पणी आरम्भ हो गई। एक ने हँसकर कहा, ''पटवारी है, पैमाइश की जरीब फैलाता है।।''

दूसरी बोली, ''ना, बाज़ीगर है, हाथ-पाँव बान्धकर पानी में कूद पड़ेगा और फिर सूखा निकल आएगा।''

तीसरी बोली, ''क्यों लल्ला, घरवालों से लड़कर आए हो?''

चौथी ने कहा, ''क्या कुएँ में दवाई डालोगे, इस गाँव में तो बीमारी नहीं है।''

इतने में एक लड़की बोली, ''काहे की दवाई और कहाँ का पटवारी? अनाड़ी है, लोटे में फाँसा देना नहीं आता। भाई, मेरे घड़े को मत कुएँ में डाल देना, तुमने तो सारी मेंड़ ही रोक ली!'' यों कहकर वह सामने आकर अपना घड़ा उठाकर ले गई।

पहली ने पूछा, ''भाई, तुम क्या करोगे?''

लड़की बात काटकर बोली, ''कुएँ को बान्धेंगे।''

पहली, ''अरे! बोल तो।''

लड़की, ''माँ ने सिखाया नहीं।''

संकोच, प्यास, लज्जा और घबराहट से रघुनाथ का गला रुक रहा था; उसने खाँसकर कण्ठ साफ करना चाहा। लड़की ने भी वैसी ही आवाज़ की। इस पर पहली स्त्री बढ़कर आगे आई और डोर उठाकर कहने लगी, ''क्या चाहते हो? बोलते क्यों नहीं?''

लड़की, ''फारसी बोलेंगे।''

रघुनाथ ने शर्म से कुछ आँखें ऊँची की, कुछ मुँह फेरकर कुएँ से कहा, '' मुझे पानी पीना है, लोटे से निकाल रहा...निकाल लूँगा।''

लड़की, ''परसों तक।''

स्त्री बोली, "तो हम पानी पिला दें। ला भागवन्ती, गगरी उठा ला। इनको पानी पिला दें।"

लड़की गगरी उठा लाई और बोली, "ले मामी के पालतू, पानी पीले, शरमा मत, तेरी बहू से नहीं कहूँगी।"

इस पर सब स्त्रियाँ खिलखिलाकर हँस पड़ीं। रघुनाथ के चेहरे पर लाली दौड़ गई और उसने यह दिखाना चाहा कि मुझे कोई देख नहीं रहा है, यद्यपि दस-बारह स्त्रियाँ उसके भौचक्केपन को देख रही थीं। सृष्टि के आदि से कोई अपनी झेंप छिपाने को समर्थ न हुआ, न होगा। रघुनाथ उलटा झेंप गया।

"नहीं, नहीं, मैं आप ही..."

लड़की, "कुएँ में कूद के।"

इस पर एक और हँसी का फौवारा फूट पड़ा।

रघुनाथ ने कुछ आँखें उठाकर लड़की की ओर देखा। कोई चौदह-पन्द्रह बरस की लड़की, शहर की छोकरियों की तरह पीली और दुबली नहीं, हृष्ट-पुष्ट और प्रसन्न मुख। आँखों के डेले काले, कोए सफेद नहीं, कुछ मटिया नीले और पिघलते हुए। यह जान पड़ता था कि डेले अभी पिघलकर बह जाएंगे। आँखों के चौतरंग हँसी, ओठों पर हँसी और सारे शरीर पर नीरोग स्वास्थ्य की हँसी। रघुनाथ की आँखें और नीची हो गईं।

स्त्री ने फिर कहा, "पानी पी लो जी, लड़की खड़ी है।"

रघुनाथ ने हाथ धोए। एक हाथ मुँह के आगे लगाया; लड़की गगरी से पानी पिलाने लगी। जब रघुनाथ आधा पी चुका था तब उसने श्वास लेते-लेते आँखें ऊँची कीं। उस समय लड़की ने ऐसा मुँह बनाया कि ठिःठिः करके रघुनाथ हँस पड़ा, उसकी नाक में पानी चढ़ गया और सारी आस्तीन भीग गई। लड़की चुप।

रघुनाथ को खाँसते, डगमगाते देखकर वह स्त्री आगे चली आई और गगरी छीनती हुई लड़की को झिड़ककर बोली, "तुझे रात-दिन ऊतपन ही सूझता है। इन्हें गलसूंड चला गया। ऐसी हँसी भी किस काम की। लो, मैं पानी पिलाती हूँ।"

लड़की, "दूध पिला दो, बहुत देर हुई; आँसू भी पोंछ दो।"

सच्चे ही रघुनाथ के आँसू आ गये थे। उसने स्त्री से जल लेकर मुँह धोया और पानी पिया। धीरे से कहा—"बस जी, बस।"

लड़की,. "अब के आप निकाल लेंगे।"

रघुनाथ को मुँह पोंछते देखकर स्त्री ने पूछा, "कहाँ रहते हो?"

"आगरे।"

"इधर कहाँ जाओगे?"

लड़की बीच में ही "शिकारपुर! वहाँ ऐसों का गुरुद्वारा है।" स्त्रियाँ खिलखिला उठीं।

रघुनाथ ने अपने गाँव का नाम बताया। "मैं पहले कभी इधर आया नहीं, कितनी दूर है, कब तक पहुँच जाऊँगा?" अब भी वह सिर उठाकर बात नहीं कर रहा था।

लड़की, "यही पन्द्रह-बीस दिन में, तीन-चार सौ कोस तो होगा।"

स्त्री, "छिः, दो-ढाई भर हैं, अभी घण्टे भर में पहुँच जाते हो।"

"रास्ता सीधा ही है न ?"

लड़की, "नहीं तो, बायें हाथ को मुड़कर चीड़ के पेड़ के नीचे दाहिने हाथ को मुड़ने के पीछे सातवें पत्थर पर फिर बायें मुड़ जाना, आगे सीधे जाकर कहीं न मुड़ना; सबसे आगे एक गीदड़ की गुफा है, उससे उत्तर को बाड़ उलांघकर चले जाना।"

स्त्री, "छोकरी, तू बहुत सिर चढ़ गई है, चिकर-चिकर करती ही जाती है। नहीं जी, एक ही रास्ता है; सामने नदी आवेगी, परले पार बायें हाथ को गाँव है।"

लड़की, "नदी में भी यों ही फाँसा लगाकर पानी निकालना।"

स्त्री उसकी बात अनसुनी करके बोली, "क्या उस गाँव में डाकबाबू होकर आए हो?"

रघुनाथ, "नहीं, मैं तो प्रयाग में पढ़ता हूँ।"

लड़की, "ओ हो, पिरागजी में पढ़ते हैं। कुएँ से पानी निकालना पढ़ते होंगे?"

स्त्री, "चुप कर, ज्यादा बक-बक काम की नहीं; क्या इसीलिए तू मेरे यहाँ आई है?"

इस पर महिला-मण्डल फिर हँस पड़ा। रघुनाथ ने घबराकर इलाही की ओर देखा तो वह मजे में पेड़ के नीचे चिलम पी रहा था। 'इस समय रघुनाथ को हाजी इलाही से ईर्ष्या होने लगी। उसने सोचा कि हज से लौटते समय समुद्र में खतरे कम हैं, और कुएँ पर अधिक।

लड़की, "क्यों जी,, पिरागजी में अक्कल भी बिकती है?'

रघुनाथ ने मुँह फेर लिया।

स्त्री, "तो गाँव में क्या करने जाते हो?"

लड़की, "कमाने-खाने।"

स्त्री, "तेरी कैंची नहीं बन्द होती। यह लड़की तो पागल हो ही जाएगी।"

रघुनाथ, "मैं वहाँ के बाबू शोभाराम जी का लड़का हूँ।"

स्त्री, "अच्छा, अच्छा, तो क्या तुम्हारा ही ब्याह है?"

रघुनाथ ने सिर नीचा कर लिया।

लड़की, "मामी, मामी, मुझे भी अपने नये पालतू के ब्याह में ले चलना। बड़ा ब्याहने चला है। यह घोड़ी है और वह जो चिलम पी रहा है, नाना बनेगा। वाह जी वाह, ऐसे बुद्धू के आगे भी कोई लहँगा पसारेगी!"

स्त्री लड़की की ओर झपटी। लड़की गगरी उठाकर चलती बनी। स्त्री उसके पीछे दस ही कदम गई थी कि स्त्री-महामंडल एक अट्टाहास से गूंज उठा।

रघुनाथ इलाही के पास लौट आया। पीछे मुड़कर देखने की उसकी हिम्मत न हुई। उसके गले में भस्म का-सा स्वाद आ रहा था। जीवन-भर में यही उसका स्त्रियों से पहला परिचय हुआ। उसकी आत्मलज्जा इतनी तेज थी कि वह समझ गया कि मैं इनके सामने बन गया हूँ। जीवन में ऐसी स्त्रियों से आधा संसार भरा रहेगा और ऐसी ही किसी से विवाह होगा। तुलसीदास ने ठीक कहा है कि "तुलसी गाय बजाय के दियो काठ में पाँव।" स्त्रियों की टोली के वाक्य उसे गड़ रहे थे और सब वाक्यों के दुःस्वप्न के ऊपर उस पिघलती हुई आँखों वाली कन्या का चित्र मण्डरा रहा था।

बड़े ही उदास चित्त से रघुनाथ घर पहुँचा।

गाँव पहुँचने के तीसरे दिन रघुनाथ सवेरा होते ही घूमने को निकला। पहाड़ी जमीन, जहाँ रास्ता देखने में कोसभर जंचे और चाहे उसमें दस मील का चक्कर काट लो; बिना पानी सींचे हुए हरे मखमल के गलीचे से ढकी हुई जमीन, उस पर जंगली गुलदाऊदी की पीली टिमकियाँ और वसन्त के फूल, आलूबोखारे और पहाड़ी करौन्दे की रज से भरे हुए छोटे-छोटे रंगीले फूल जो पेड़ का पत्ता भी न दिखने दें, क्षितिज पर लटके हुए बादलों के-से बर्फीले पहाड़ों की चोटियाँ, जिन्हें देखते ही आँखें अपने आप बड़ी हो जातीं और जिनकी हवा की साँस लेने से छाती बढ़ती हुई जान पड़ती; नदी से निकाली हुई छोटी-छोटी असंख्य नहरें जो साँप के-से चक्कर खा-खाकर फिर प्रधान नदी की पथरीली तलेटी में जा मिलतीं ये सब दृश्य प्रयाग के ईंटों के घर और कीचड़ की सड़कों से बिल्कुल निराले थे। चलते-चलते रघुनाथ का मन नहीं भरा और घाटी के उतार-चढ़ाव की गिनती न करके वह नदी की चक्करों की सीध में हो लिया। एक ओर आम के पेड़ थे, जो बौरों और कैरियों से लदे हुए थे, उनके सामने धान के खेत थे, जिनमें से पानी किलचिल-किलचिल करता हुआ टिघल रहा था। कहीं उसे कंटीली बाड़ों के बीच में होकर जाना पड़ता था और कहीं छोटे-छोटे झरने, जो नदी में जा मिले थे, लाँघने पड़ते थे। इन प्राकृतिक दृश्यों का आनन्द लेता हुआ हमारा चरित नायक नदी की ओर बढ़ा।

इस समय वहाँ कोई न था। रघुनाथ ने एक अकृत्रिम घाट (चौड़ी शिला) पर खड़े होकर नदी की शोभा देखी और सोचा कि हजामत बनाकर नहा-धोकर घर चले। नयी सभ्यता के प्रभाव से सेफ्टीरेजर और साबुन की टिकिया सफारी कोट की जेब में थी ही, ऊपर की पाकेट बुक से एक आईना भी निकल पड़ा। रघुनाथ उसी शिला-फलक पर बैठ गया और अपने मुखरूपी आकाश पर छाए हुए कोमल बादलों को मिटाने के लिए अमेरिका के इस जेबी वज्र को चलाने लगा।

कवियों को सोचने का समय पाखाने में मिलता है और युवाओं को स्वयं हजामत करने में। यदि नाई होता तो संसार के समाचारों

से वही मगज चाट जाता। इसकी वैज्ञानिक युक्ति मुझे एक थियासोफिस्ट ने बताई थी। वह बहुत-से तर्क और कुतर्कों से सिद्ध कर रहा था कि पुरानी चालों में सूक्ष्म वैज्ञानिक रहस्य भरे पड़े हैं। यहाँ तक कि माता बच्चे के सिर में नजर से बचाने के लिए जो काजल का टीका लगा देती है अथवा दूध पिलाए पीछे बच्चे को धूल की चुटकी चटा देती है, इसका भी वह बिजली के विज्ञान से समाधान कर रहा था। उसने कहा कि हजामत बनाते या बनवाते समय रोम खुल जाने से मस्तिष्क तक के स्नायु-तारों की बिजली हिल जाती है और वहाँ विचारशक्ति की खुजलाहट पहुँच जाती है। अस्तु ।

रघुनाथ की खुजलाहट का आरम्भ यों हुआ कि यह नदी सहस्त्रों वर्षों से यों ही बह रही है और यों ही बहती जायेगी। किनारे के पहाड़ों ने, ऊपर के आकाश ने और नीचे की मिट्टी ने उसको यों ही देखा है और यों ही वे उसे देखते जायेंगे। यही क्या, नदी का प्रत्येक परमाणु अपने आने वाले परमाणु की पीठ को और पीछे वाले परमाणु के सामने देखता जाता है। अथवा, क्या पहाड़ को या तलेटी को नदी की ख़बर है? क्या नदी के एक परमाणु को दूसरे की ख़बर है? मैं यहाँ बैठा हूँ, इन परमाणुओं को, इन पत्थरों को इन बादलों को मेरी क्या ख़बर है? इस समय आगे-पीछे, नीचे-ऊपर कौन मेरी परवाह करता है? मनुष्य अपने घमंड में त्रिलोकी का राजा बना फिरे, उसे अपने आत्माभिमान के सिवा पूछता ही कौन है? इस समय मेरा यह क्षौर[1] बनाना किसके लिए ध्यान देने योग्य है? किसे पड़ी है कि मेरी लीलाओं पर ध्यान रखे?

इसी विचार की तार में ज्योंही उसने सिर उठाया, त्योंही देखा कि कम से कम एक व्यक्ति को तो उसकी लीलाएं ध्यान देने योग्य हो रही थीं, जो उनका अनुकरण करती थी। रघुनाथ क्या देखता है कि वही पानी पिलाने वाली लड़की सामने एक दूसरी शिला पर बैठी हुई है और उसकी नकल कर रही है।

उस दिन की हँसी की लज्जा रघुनाथ के जी से नहीं हटी थी। वह लज्जा और संकोच के मारे यही आशा करता था कि फिर कभी

वह लड़की मुझे न दिखाई पड़े और अपनी ठिठोलियों से मुझे तंग न करे। अब, जिस समय वह यह सोच रहा था कि मुझे कोई न देख रहा है, वही लड़की उसकी हजामत बनाने की नकल कर रही है। उसने हाथ में एक तिनका ले रखा है। जब रघुनाथ उस्तरा चलाता है, तो वह तिनका चलाती है। जब रघुनाथ हाथ खींचता है, तो वह तिनका रोक लेती है।

रघुनाथ ने मुँह दूसरी ओर किया। उसने भी वैसा ही किया। रघुनाथ ने दाहिना घुटना उठाकर अपना आसन बदला। वहाँ भी ऐसा ही हुआ। रघुनाथ ने बाईं हथेली धरती पर टेककर अंगड़ाई ली। लड़की ने भी वही मुद्रा की। ये सब प्रयोग रघुनाथ ने यह निश्चय करने के लिए ही किए थे कि यह लड़की क्या वास्तव में मेरा मखौल कर रही है। उसने हल्का-सा खंखारा। रघुनाथ ने उतना ही खंखारना उधर से सुना। अब सन्देह नहीं रह गया था।

ऐसे अवसर पर बुद्धिमान लोग जो करना चाहते हैं, वही रघुनाथ ने किया। वह मुँह बदलकर अपना काम करता गया और उसने विचार किया कि मैं उधर न देखूंगा। इस विचार का वही परिणाम हुआ, जो ऐसे विचारों का होता है अर्थात् दो ही मिनट में ही रघुनाथ ने अपने को उसी ओर देखते हुए पाया। अब लड़की ने भी अपना आसन बदल लिया था। रघुनाथ ने कई बार विचार किया कि मैं उधर न देखूंगा, पर वह फिर उधर ही देखने लगा। आँखें, जो मानो अभी पानी होकर बह जाएँगी, सफेद, हल्का नीला कौआ, जिसमें एक प्रकार की चंचलता, हँसी और घृणा तैर रही थी।

यह लड़की यों पिण्ड नहीं छोड़ेगी। मैंने इसका क्या बिगाड़ा है? इससे पूछूँ तो फिर वैसे बनाएगी? पर खैर, आज तो अकेली यही है। इसकी चोटों पर साधुवाद करने के लिए महिला-मण्डल तो नहीं है। यह सोचकर रघुनाथ ने जोर से खंखारा। वही जबाब मिला। उसने हाथ बढ़ाकर अंगड़ाई ली। वहाँ भी अंग तोड़े गए। रघुनाथ ने एक पत्थर उठाकर नदी में फेंका। उधर से ढेला फेंका गया और खलब करके पानी में बोला।

वह बिना वचनों की छेड़ रघुनाथ से सही न गई। उसने एक छोटी से कंकरी उठाकर लड़की की शिला पर मारी। जबाब में वैसी ही एक कंकरी रघुनाथ की शिला में आ बजी। रघुनाथ ने दूसरी कंकरी उठाकर फेंकी जो लड़की के समीप जा पड़ी। इस पर एक कंकरी आकर रघुनाथ की पॉकेट-बुक के आईने पर पट से बोली और उसे फोड़ गई। रघुनाथ कुछ चिप गया, उसकी हिम्मत कुछ बढ़ गई, अबके उसने जो कंकरी मारी कि वह लड़की के हाथ पर जा लगी।

इस पर लड़की ने हाथ को झट से उठाया और स्वयं उठी। जहाँ रघुनाथ बैठा था, वहाँ आई और उसके देखते-देखते उसके सामने से टोपी, उस्तरा पॉकेट-बुक और साबुन की बट्टी को उठाकर नदी की ओर बढ़ी। जितना समय इस बात को लिखने और बांचने में लगा है, उतना समय भी नहीं लगा कि उसने सबको पानी में फेंक दिया। रघुनाथ उसके हाथ को नदी की ओर बढ़ते हुए देख, उसका तात्पर्य समझकर किंकर्तव्यविमूढ़-सा हो ज्योंही दो कदम आगे धरता है कि पंकाली शिला पर उसका पैर फिसला और वह धड़ाम से सिर के बल पानी में गिर पड़ा।

रघुनाथ तैरना नहीं जानता था, यद्यपि वह मित्रों के पास जाकर दारागंज की गंगा में नहा आया करता था; परन्तु चाहे कितना ही तैराक हो, औंधे सिर पानी में गिरने पर तो गोता खा ही जाता है। रघुनाथ का सिर पैंदे के पास पहुँचते ही उसने दो गोते खाए और सीधा होते-होते उसकी साँस टूट गई। यों तो नदी में पानी रघुनाथ के सिर से कुछ ही ऊँचा था और धीरज से उसके पैर टिक जाते तो वह हाथ फटफटाकर किनारे आ लगता, क्योंकि वह बहुत दूर नहीं गया था, पर फिसलने की घबराहट, साँस का टूटना, गले में पानी भर जाना, नीचे दलदल, इस सबसे वह भौंचक होकर बीस-तीस हाथ बढ़ता ही चला गया। नदी की तलेटी में चट्टान थी, जो पानी के बहाब से क्रमशः खिरती जाती थी। वहाँ पानी का नाला कुछ जोर से बढ़कर चक्कर खाता था। वहाँ पहुँचकर, पानी कम होने पर भी, हाथ-पैर मारने पर भी रघुनाथ के पैर नहीं टिके। और उछलता हुआ पानी उसके मुँह में गया। वह नदी

के बहाब की ओर जाने लगा। बालिका ने जान लिया कि बिना निकाले वह पानी से निकल न सकेगा। वह झट सारी से कछौटा कसकर पानी में कूद पड़ी। जल्दी से तैरती हुई आकर उसने रघुनाथ का हाथ पकड़ना चाहा कि इतने में रघुनाथ एक और चक्कर काटकर सिर पानी के नीचे करके खाँसने लगा। लड़की के हाथ उसकी चमड़े की पेटी आई थी, जो उसने पतलून के ऊपर बान्ध रखी थी। वह एक हाथ से उसे खींचती हुई रघुनाथ को छर्रे के बहाब से निकाल लाई और दूसरे हाथ से पानी हटाती हुई किनारे की ओर बढ़ने लगी। अब रघुनाथ भी सीधा हो गया था। पानी चीरने में खड़ा या मुड़ा आदमी लेटे हुए की अपेक्षा बहुत दुःखदायी होता है। हाँफती हुई कुमारी ने बिड़राए हुए रघुनाथ को किनारे लगाया। रघुनाथ मुँह और बालों का पानी निचोड़ता हुआ तरबतर कुरते और पतलून से धाराएँ बहाता हुआ चट्टान पर जा बैठा। पाँच-सात बार खाँसने पर, आँखें पोंछने पर उसने देखा कि भीगी हुई कुमारी उसके सामने खड़ी है और उन्हीं पिघलती हुई आँखों से घृणा, दया और हँसी झलकाती हुई कह रही है कि इस अनाड़ी के सामने भी कोई अपना लहंगा पसारेगी?

ये सब घटनाएं इतनी जल्दी-जल्दी हुई थीं कि रघुनाथ का सिर चकरा रहा था। अभी पानी की गूंज कानों को ढोल किए हुए थी मानसिक क्षोभ और लज्जा में वह पागल-सा हो रहा था। उसके मन की पिछली भित्ति पर चाहे यह अंकित रहा हो कि इस लड़की ने मुझे नदी में से निकाला है, पर सामने की भित्ति पर यही था कि शब्द के कोड़ों से वह मेरी चमड़ी उधेड़े डालती है। रघुनाथ उसे पकड़ने के लिए लपका और लड़की दो खेतों की बाड़ के बीच की तंग सड़क पर दौड़ भागी। रघुनाथ पीछा करने लगा।

गाँव की लड़कियाँ हड्डियों और गहनों का बन्डल नहीं होतीं। वहाँ वे दौड़ती हैं, कूदती हैं, हँसती हैं, खाती हैं और पचाती हैं। नगरों में आकर वे खूंटे से बंधकर कुम्हलाती हैं, पीली पड़ जाती हैं, भूखी रहती हैं, सोती हैं, रोती हैं और मर जाती हैं। रघुनाथ ने मील की दौड़ में इनाम पाया था। उस समय का दौड़ना उसके बहुत गुण बैठा। पानी

में गोते खाने से पीछे की शरीर की सारी शून्यता मिटने लगी। पाव मील दौड़ने पर लड़की जितने हाथ आगे बढ़ती थी, वे घटने लगे। सौ गज और जाते-जाते अचानक चीख मारकर, लड़खड़ाकर वह गिरने लगी। रघुनाथ उसके पास जा पहुँचा। अवश्य ही रघुनाथ के इतने हफांने वाले श्रम के और मानसिक क्षोभ के पीछे यही भाव था कि इस लड़की को गुस्ताखी के लिए दंड दूँ। रघुनाथ ने उसे दोनों बांहें डालकर पकड़ लिया।

रघुनाथ के लिए स्त्री का और उस लड़की के लिए पुरुष का यह पहला स्पर्श था। रघुनाथ कुछ सोच भी न पाया था कि मैं क्या करूँ, इतने में लड़की ने मुँह उसके सामने करके अपने नखों से उसकी पीठ में और बगल में बहुत तेज चुटकियाँ काटीं। रघुनाथ की बाँह ढीली हुई, पर क्रोध नहीं। उसने एक मुक्का लड़की की नाक पर जमाया। लड़की साँस लेते रुकी। इतने में दौड़ने के वेग से, जो अभी न रूका था और मुक्के से दोनों नीचे गिर पड़े। दोनों धूल में लोटमलोट हो गए।

रघुनाथ धूल झाड़ता हुआ उठा। क्या देखता है कि लड़की के नाक से लहू बह रहा है। अपनी विजय का पहला आवेश एकदम से भूलकर वह पश्चात्ताप और दुःख के पाश में फँस गया। उसका मुँह पसीना-पसीना हो गया। वह चाहता था कि इन लहू की बून्दों के साथ मैं भी धरती में समा जाऊँ और उनके साथ ही अपनी आँखें भूमि में गड़ा भी रहा था। फिर क्षण में आँखें उठ आईं। लड़की अपने भीगे और धूल लगे हुए आँचल से नाक पोंछती हुई उन्हीं आँखों से वही घृणा की और पछतावे की दृष्टि डालती हुई कह रही थी,

"वाह, अच्छे मर्द हो। बड़े बहादुर हो। स्त्रियों पर हाथ उठाया करते हैं?"

रघुनाथ चुप।

"वाह, पिरागजी में खूब इलम पढ़ा। स्त्रियों पर हाथ उठाते होंगे?"

रघुनाथ ने नीचे सिर से, आँखें न उठाकर कहा,

"मुझसे बड़ी भूल हो गई। मुझे पता ही नहीं था कि मैं क्या

कर रहा हूँ। मेरा सिर ठिकाने नहीं है। मुझे चक्कर .....''

''अभी चक्कर आवेंगे। स्त्रियों पर हाथ नहीं चलाया करते हैं।''

सड़क यहाँ चौड़ी हो गई थी। कचनार की एक बेल आम पर चढ़ी हुई थी और आम के तले पत्थरों का थांवला था। सुनसान था। दूर से नदी की कलकल और रह-रहकर खातीचिड़े की ठकठक-ठकठक आ रही थी। इस समय रघुनाथ का घोंघापन हटने लगा और स्त्रियों की ओर से झेंप इस पिघलती हुई आँखों वाली के वचन-बाणों के नीचे भागने लगी। ढाढ़स कर उसने पूछा,

''तुम्हारा नाम क्या है ?''

''भागवन्ती।''

''रहती कहाँ हो?''

''मामी के पास, वही जिसने कुएँ पर पानी नहीं पिलाया था।''

उस दिन का स्मरण आते ही रघुनाथ फिर चुप हो गया। फिर कुछ ठहरकर बोला, ''तुम मेरे पीछे क्यों पड़ी हो?''

''तुम्हें आदमी बनाने को। जो तुम्हें बुरा लगा हो, तो मैंने भी अपने किए का लहू बहाकर फल पा लिया। एक सलाह दे जाती हूँ।''

''क्या!''

''कल से नदी में नहाने मत जाना।''

''क्यों ?''

''गोते खाओगे तो कोई बचाने वाला नहीं मिलेगा।''

रघुनाथ झेंपा, पर संभलकर बोला, ''अब कोई मेरी जान बचाएगा तो मैं पीछा नहीं करूंगा, दो गाली भी सुन लूंगा।''

''इसलिए नहीं, मैं आज अपने बाप के यहाँ जाऊँगी।''

''तुम्हारा घर कहाँ है?''

''जहाँ अनाड़ियों के डूबने के लिए कोई नदी नहीं है।''

''हुं! फिर वही बात लाई। तो वहाँ पर चिढ़ाने वालों के भागने के लिए रास्ता भी न होगा।''

''जी, यहाँ जो मैं आपके हाथ आ गई।''

''नहीं तो?''

"काँटा न लगता तो पिरागजी तक दौड़ते तो हाथ न आती।"

"काँटा! काँटा कैसा?"

"यह देखो ।"

रघुनाथ ने देखा कि उसके दाहिने पैर के तलबे में एक काँटा चुभा हुआ है। उसको यह सूझी कि यह मेरे दोष से हुआ है। बालिका के सहारे वह घुटने के बल बैठ गया और उसका पैर खींचकर रूमाल से धूल झाड़कर काँटे को देखने लगा।

काँटा मोटा था, पर पैर में बहुत पैठ गया था। वह उठकर बाड़ से एक और बड़ा काँटा तोड़ लाया। उससे और पतलून की जेब के चाकू से उसने काँटा निकाला। निकालते ही लोहू का डोरा बह निकला। काँटा प्रायः दो इंच लम्बा और ज़हरीली कँटीली का था।

"ओफ!" कहकर रघुनाथ ने कमीज़ की आस्तीन फाड़कर उसके पाँव में पट्टी बाँध दी।

बालिका चुप बैठी थी। रघुनाथ कांटे को निरख रहा था।

"अब तो दर्द नहीं?"

"कोई एहसान थोड़ा है, तुम्हारे भी काँटा गड़ जाए तो निकलवाने आ जाना।"

"अच्छा।" रघुनाथ का जी जल गया था। यह बर्ताव!

"'अच्छा क्या ? जाओ, अपना रास्ता लो।"

"यह काँटा मैं ले जाऊँगा। आज की घटना की यादगारी रहेगी।"

"मैं इसे जरा देख लूँ।"

रघुनाथ ने अंगूठे और तर्जनी से काँटा पकड़कर उसकी ओर बढ़ाया।

अपनी दो अंगुलियों से उसे उठाकर और दूसरे हाथ से रघुनाथ को धक्का देकर लड़की हँसती-हँसती दौड़ गई। रघुनाथ धूल में एक कलामुंडी खाकर ज्योंही उठा कि बालिका खेतों को फाँदती हुई जा रही थी।

अब की दफ़ा उसका पीछा करने का साहस हमारे चरित नायक ने नहीं किया। नदी-तट पर जाकर कोट उठाया और चौंधिआये मस्तिष्क

से घर की राह ली।

रघुनाथ के हृदय में स्त्री-जाति की अज्ञानता का भाव और उससे पृथक् रहने का कुहरा तो था ही, अब उसके स्थान में उद्वेगपूर्ण ग्लानि का धूम इकट्ठा हो गया था। पर उस धूम के नीचे-नीचे उस चपल लड़की की चिनगारी भी चमक रही थी। अवश्य ही अपने पिछले अनुभव से वह इतना चमक गया था कि किसी स्त्री से बातें करने की उसकी इच्छा न थी, परन्तु रह-रहकर उसके चित्त में उस पिघलती हुई आँखों वाली का और अधिक हाल जानने और उसके वचन-कोड़े सहने की इच्छा होती थी। रघुनाथ का हृदय एक पहेली हो रहा था और उस पहेली में पहेली उस स्वतन्त्र लड़की का स्वभाव था। रघुनाथ का हृदय धुएँ से घुट रहा था और विवाह के पास आते हुए अवसर को वह उसी भाव से देख रहा था, जैसे चैत्र कृष्ण में बकरा आनेवाले नवरात्रों को देखता है।

इधर पिताजी और चाचा घर खोज रहे थे। आसपास गाँवों में तीन-चार पात्रियां थी, जिनके पिता अधिक धन के स्वामी न होने से अब तक अपना भार न उतार सके थे और अब बृहस्पति के सिंह का कवल हो जाने को अपने नरक-गमन का परवाना-सा देखकर भी आत्मघात नहीं कर रहे थे। हिन्दू-समाज में धौंस से कुछ नहीं होता, ज़रूरत से सब हो जाता है। बड़े से बड़ा महाराज थैलियों के मुँह खुलवाकर भी शास्त्र जड़ लोगों से यह नहीं कहला सकता कि 'अष्टवर्षा भवेद् गौरी' पर हरताल लगा दो। उलटा अष्ट का अर्थ गर्भाष्टय करके सात वर्ष तीन महीने की आयु निकाल बैठेंगे। परन्तु कभी शुक्र का छिपना, और कभी बृहस्पति का भागना, कभी घर का न मिलना और कभी पल्ले पैसा न होना, कभी नाड़ी-विरोध और कभी कुछ, समझदार आदमी चाहे तो कन्या को चौदह-पन्द्रह वर्ष की करके काशीनाथ से लेकर आजकल के महामहोपाध्यायों तक को अंगूठा दिखला सकता है।

दो घर तो ज्योतिषी ने खो दिए। तीसरे के बारे में भी उन्होंने लत्तापात करना चाहा था, पर कुछ तो ज्योतिषी के डाकखाने के द्वारा मनीआर्डर का ग्रहों पर प्रभाव पड़ा और कुछ रघुनाथ के पिता के इस

बिहारी के दोहे के पाठ का ज्योतिषीजी पर—

सुत पितु मारक जोग लखि, उपज्यो हिय अति सोग।
पुनि विहंस्यो गुन जोयसी, सुत लखि जारज जोग॥

विधि मिल गई। झन्डीपुर में सगाई निश्चित हुई। बीस दिन पीछे बरात चढ़ेगी और रघुनाथ का विवाह होगा।

कन्यादान के पहले और पीछे वर-कन्या को ऊपर एक दुशाला डालकर एक दूसरे का मुँह दिखाया जाता है। उस समय दुलहा-दुलहिन जैसा व्यवहार करते हैं उससे ही उनके भविष्य दाम्पत्य-सुख का थर्मामीटर मानने वाली स्त्रियाँ बहुत ध्यान से उस समय के दोनों के आचार-विचार को याद रखती हैं। जो हो, झडीपुर की स्त्रियों में यह प्रसिद्ध है कि मुँह-दिखौनी के पीछे लड़के का मुँह सफेद फक् हो गया और विवाह में जो कुछ होम वगैरह उसने किए, वे पागल की तरह मानो उसने कोई भूत देखा था। और लड़की ऐसी गुम हुई कि उसे काटो तो खून नहीं। दिन भर वह चुप रही और बिड़रायी आँखों से ज़मीन देखती रही; मानो उसे भी भूत दिख रहे हों। स्त्रियों ने इन लक्षणों को बहुत अशुभ माना था।

दुलहिन डोले में विदा होकर ससुराल आ रही थी। रघुनाथ घोड़े पर था। दोपहर चढ़ने से कहारों और बरातियों ने एक बड़ की छाया के नीचे बाबड़ी के किनारे डेरा लगाया कि रोटी-पानी करके और धूप काटके चलेंगे। कोई नहाने लगा, कोई चूल्हा सुलगाने लगा। दुलहिन पालकी का पर्दा हटाकर हवा ले रही थी और अपने जीवन की स्वतन्त्रता के बदले में पाई हुई हथकड़ियों और चाँदी की बेड़ियों को निरख रही थी। मनुष्य पहले पशु है, फिर मनुष्य। सभ्यता या शान्ति का भाव पीछे आता है, पहले पाशविक बल और विजय का। रघुनाथ ने पास आकर कहा,

"क्या कहा था, ऐसे मर्द के आगे कौन लहंगा पसारेगी?"

सिर पालकी के भीतर करके बालिका ने परदा डाल लिया।

रघुनाथ ने यह नहीं सोचा कि उसके जी पर क्या बीतती होगी। उसने अपनी विजय मानी और उसी की अकड़ में बदला लेना ठीक समझा।

"हाँ, फिर तो कहना, इस बुद्धू के आगे कौन लहंगा पसारेगी?"

चुप।

"क्यों, अब वह कैंची-सी जीभ कहाँ गई?"

चुप।

कहाँ तो रघुनाथ छेड़ से चिढ़ता था, अब कहाँ वह स्वयं छेड़ने लगा। उसकी इच्छा पहले तो यह थी कि यह बोली कभी न सुनूं, परन्तु अब वह चाहता था कि मुझे फिर वैसे ही उत्तर मिलें। विवाह के पहले अचम्भे के पीछे उसने दुःख की आह के साथ ही साथ एक सन्तोष की आह भरी थी; क्योंकि पिछले दिनों की घटनाओं ने उसके हृदय पर एक बड़ा अद्भुत परिवर्तन कर दिया था।

"कहो जी, अब प्रयागवालों को अकल सिखाने आई हो? अब इतनी बातें कैसे सुनी जाती हैं?"

"मैं हाथ जोड़ती हूँ, मुझसे मत बोलो। मैं मर जाऊँगी।"

"तो नदी में डूबते हुए बुद्धूओं को कौन निकालेगा,?"

"अब रहने दो। यहाँ से हट जाओ। चले जाओ।"

"क्यों?"

"क्यों क्या, अब इस चक्की में ऐसा ही पिसना है। जनम भर का रोग है; जनम-भर का रोना है।"

"नहीं; मुझे अकल सीखने का..." रघुनाथ ने व्यंग्य से आरम्भ किया था, पर इतने में एक कहार चिलम में तमाखू डालने आ गया। भूमिका की सफाई बिना कहे और बिना हुए ही रह गई।

हिन्दू घरों में, कुछ दिनों तक, दम्पती चोरों की तरह मिलते हैं। यह संयुक्त कुटुम्ब प्रणाली का वर या शाप है। रघुनाथ ने ऐसे चोरी के अवसर आगरे आकर ढूंढ़ने आरम्भ किए, पर भागवन्ती टल जाती थी!

उसने रघुनाथ को एक भी बात कहने का, या सुनने का मौका न दिया।

जुलाई में रघुनाथ इलाहाबाद जाकर थर्ड ईयर में भरती हो गया। दशहरे और बड़े दिन की छुट्टियों में आकर उसने बहुतेरा चाहा कि दो बातें कर सके, पर भागवन्ती उसके सामने ही नहीं होती थी। हाँ, कई बार उसे यह सन्देह हुआ कि वह मेरी आहट पर ध्यान रखती है और छिप-छिपकर मुझे देखती है; पर ज्योंही वह इस सूत पर आगे बढ़ता कि भागवन्ती लोप हो जाती।

पढ़ने की चिन्ता में विघ्न डालनेवाली अब उसको यह नयी चिन्ता लगी। यह बात उसके जी में जम गई कि मैंने अमानुष निर्दयता से और बोली-ठोली से उसके सीधे हृदय को दुखा दिया है। परन्तु कभी-कभी यह सोचता कि क्या दोष मेरा ही है? उसने क्या कम ज्यादती की थी? जो ताने-तिश्ने उस समय उसके हृदय को बहुत ही चीरते हुए जान पड़े थे, वे अब उसको स्मृति में बहुत प्यारे लगने लगे। सोचता था कि मैं ही जाकर क्षमा माँगूँगा। जिन जाँघों ने उसका पीछा किया था, उन्हें बाँधकर उसके सामने पड़कर कहूँगा कि उस दिन वाली चाल से मुझे कुचलती हुई चली जा अथवा यह कहूँगा कि उसी नदी में मुझे ढकेल दे। यों तरह-तरह के तर्क-वितर्कों में उसका समय कटने लगा। न 'हॉकी' में अब उसकी कदर रही और न प्रोफेसर की आँखें वैसी रहीं। उसी कीचड़ लगे हुए पतलून को मेज़ पर रखकर सोचता, सोचता, सोचता रहता।

होली की छुट्टियाँ आईं। पहले सलाह हुई कि घर न जाऊँ, काशी में एक मित्र के पास ही छुट्टियाँ बिताऊँ। उस मित्र ने प्रसंग चलने पर कहा, "हाँ भाई, ब्याह के पीछे पहली होली है, तुम काहे को चलते हो!" वह रघुनाथ के हृदय के भार को क्या समझ सकता था? रघुनाथ ने हँसकर बात टाल दी। रात को सोचा कि चलो छुट्टियों में बोर्डिंग में ही रहूँ, पास ही पब्लिक-लाइब्रेरी है, दिन कट जाएंगे। रात को जब सोया तो पिघलती हुई आँखें, वही नाक से बहता हुआ खून और आँसुओं से न ढकने वाली हँसी। नींद न आ सकी। जैसे कोई सपने में चलता है, वैसे बेहोशी में ही सवेरे टिकट लेकर गाड़ी में बैठ गया। पता नहीं

कि मैं किधर जा रहा हूँ। चेत तब हुआ जब कुली 'टुण्डला', 'टुण्डला' चिल्लाए। रघुनाथ चौंका। अच्छा, जो हो, अब की दफ़ा फिर उद्योग करूँगा। यों कहकर हृदय को दृढ़ करके पहुँचा।

होली का दिन था। जैसे कोजागर पूर्णिमा को चोरों के लिए घर के दरवाज़े खुले छोड़कर हिन्दू सोते हैं, वैसे माता-पिता टल गए थे। माँ पकवान पका रही थी और बाप खैर, बाप भी कहीं थे। रघुनाथ भीतर पहुँचा। भागवन्ती सिर पर हाथ धरे हुए कोने में बैठी थी। उसे देखते ही खड़ी हो गई। वह दरवाज़े की तरफ बढ़ने न पाई थी कि रघुनाथ बोला, "ठहरो, बाहर मत जाना।"

वह ठहर गई। घूंघट खींचकर कोने की पीढ़ी के बान को देखने लगी,

"कहो, कैसी हो? आज तुमसे बातें करनी हैं।"

चुप।

"प्रसन्न रहती हो? कभी मेरी भी याद करती हो?"

चुप।

"मेरी छुट्टियाँ तीन दिन की ही हैं।"

चुप।

"तुम्हें मेरी कसम है, चुप मत रहो, कुछ बोलो तो, जवाब दो...पहले की तरह ताने ही से बोलो, मेरी शपथ है...सुनती हो?"

"मेरे कानों में पानी थोड़ा ही भर गया है।"

"हाँ, बस, यों ठीक है; कुछ ही कहो, पर कहती जाओ। अच्छा होता, यदि तुम मुझे उस दिन न निकालतीं और डूब जाने देतीं।"

"अच्छा होता यदि मेरा काँटा न निकालते और पैर गलकर मैं मर जाती।"

"तुमने कहा था कि कोई एहसान थोड़ा है, काँटा गड़ जाए, तो मैं भी निकाल दूँगी।"

"हाँ, निकाल दूँगी।"

"कैसे!"

"उसी काँटे से।"

"उसी काँटे से! वह है कहाँ?"

"मेरे पास।"

"क्यों ?...कब से ?"

"जब से पतलून ट्रंक में बन्द होकर आगरे गई तब से।"

न मालूम पीढ़ी का बान कैसा अच्छा था, निगाह उस पर से नहीं हटी। शायद तांत गिनी जा रही थी।

"अनाड़ी की बात की नकल करती हो?"

गिनती पूरी हो गई। अब अपने नखों की बारी आई।

"क्यों, फिर चुप?"

"हाँ!" नखों पर से ध्यान नहीं हटा।

रघुनाथ ने छत की ओर देखकर कहा, "अनाड़ियों की पीठ नख आजमाने के लिए अच्छी होती है।"

नख छिपा लिये गए।

"काँटा निकालोगी ?"

"हाँ।"

"काँटा छत में थोड़ा ही है ।"

"तो कहाँ है ?"

"मैं तो अनाड़ी हूँ, मुझे लल्लो-चप्पो करना नहीं आता, साफ कहना जानता हूँ, सुनो!" यह कहकर रघुनाथ बढ़ा और उसने उसके दोनों हाथ पकड़ लिये।

उसने हाथ न हटाए।

"उस समय मैं जंगली था, वहशी था, अधूरा था। मनुष्य जब तक स्त्री की परछाईं नहीं पा लेता है, तब तक पूरा नहीं होता। मेरे बुद्धूपन को क्षमा करो। मेरे हृदय में तुम्हारे प्रेम का एक भयंकर काँटा पड़ गया है। जिस दिन तुम्हें पहले-पहल देखा, उस दिन से वह गड़ रहा है और अब तक गड़ा जा रहा है। तुम्हारी प्रेम की दृष्टि से मेरा यह शूल हटेगा।"

घूंघट के भीतर, जहाँ आँखें होनी चाहिए, वहाँ कुछ गीलापन दिखा।

"देखो, मैं तुम्हारे प्रेम के बिना जी नहीं सकता। मेरा उस दिन का रूखापन और जंगलीपन भूल जाओ। तुम मेरी प्राण हो, मेरा काँटा

निकाल दो।"

रघुनाथ ने एक हाथ उसकी कमर पर डालकर उसे अपनी ओर खींचना चाहा। मालूम पड़ा कि नदी के किनारे का किला, नींव के गल जाने से, धीरे-धीरे धंस रहा है। भागवन्ती का बलवान शरीर, निस्सार होकर, रघुनाथ के कन्धे पर झूल गया। कन्धा आँसुओं से गीला हो गया ।

"मेरा कसूर...मेरा गंवारपन...मैं उजड्ड...मेरा अपराध...मेरा पाप...मैंने क्या कह डा... डा... डा... आ.... " घिग्घी बंध चली।

उसका मुँह बन्द करने का एक ही उपाय था। रघुनाथ ने वही किया।

प्रथम प्रकाशन : पाटलीपुत्र; सन 1914

उसने कहा था

बड़े-बड़े शहरों के इक्के-गाड़ी वालों की जबान के कोड़ों से जिनकी पीठ छिल गई है और कान पक गए हैं उनसे हमारी प्रार्थना है कि अमृतसर में बम्बूकार्ट वालों की बोली का मरहम लगावें, जबकि बड़े शहरों की चौड़ी सड़कों पर घोड़े की पीठ को चाबुक से धुनते हुए इक्के वाले कभी घोड़े की नानी से अपना निकट यौन संबंध स्थिर करते हैं, कभी उसके गुप्त गुह्य अंगों से डॉक्टरों को लजाने वाला परिचय दिखाते हैं, कभी राह चलते पैदलों की आँखों के न होने पर तरस खाते हैं, कभी उनके पैरों की अंगुलियों के पोरों को चींथकर अपने ही को सताया हुआ बताते हैं और संसार भर की ग्लानि, निराशा और क्षोभ के अवतार बने नाक की सीध चले जाते हैं। तब अमृतसर में उनकी बिरादरी वाले, तंग, चक्करदार गलियों में, हर एक लड्ढी वाले के लिए ठहरकर, सब्र का समुद्र उमड़ा कर, 'बचो, खालसा जी', 'हटो भाई जी', 'ठहरना माई', 'आने दो लाला जी', 'हटो बा'छा' कहते हुए सफेद फेंटों, खच्चरों और बत्तकों, गन्ने और खोमचे और भारे वालों के जंगल में से राह लेते हैं। क्या मजाल है कि जी और साहब बिना सुने किसी को हटना पड़े। यह बात नहीं कि उनकी जीभ चलती ही नहीं, चलती है, पर मीठी छुरी की तरह महीन मार करती हुई। यदि कोई बुढ़िया बार-बार चितौनी देने पर भी लीक से नहीं हटती तो उनकी बचनावली के ये नमूने हैं हट जा, जीणे जोगिए; हट जा करमां बालिए; हट जा, पुत्तां प्यारिए; बच जा, लंबी वालिए। समष्टि में इसका अर्थ है कि तू जीने योग्य

है, तू भाग्यों वाली है, पुत्रों को प्यारी है? लम्बी उमर तेरे सामने है, तू क्यों मेरे पहियों के नीचे आना चाहती है? बच जा।

ऐसे बम्बूकार्ट वालों के बीच में होकर एक लड़का और एक लड़की चौक की एक दुकान पर आ मिले। उसके बालों और इसके ढीले सुथने से जान पड़ता था कि दोनों सिख हैं । वह अपने मामा के केश धोने के लिए दही लेने आया था और यह रसोई के लिए बड़ियां। दुकानदार एक परदेशी से गुंथ रहा था, जो सेर भर गीले पापड़ों की गड्डी को गिने बिना हटता न था।

"तेरे घर कहाँ हैं?"

"मगरे में, और तेरे?"

'मांझे में, ...यहाँ कहाँ रहती है?'

"अतरसिंह की बैठक में, वह मेरे मामा होते हैं।"

"मैं भी मामा के आया हूँ, उनका घर गुरु बाज़ार में है।"

इतने में दुकानदार निबटा और इनका सौदा देने लगा। सौदा लेकर दोनों साथ-साथ चले। कुछ दूर जाकर लड़के ने मुस्कराकर कर पूछा, "तेरी कुड़माई हो गई?" इस पर लड़की कुछ आँखें चढ़ाकर 'धत्' कहकर दौड़ गई और लड़का मुँह देखता रह गया।

दूसरे-तीसरे दिन सब्जी वाले के यहाँ, या दूध वाले के यहाँ, अकस्मात् दोनों मिल जाते। महीना भर यही हाल रहा। दो-तीन बार लड़के ने फिर पूछा, "तेरी कुड़माई हो गई?" और उत्तर में वही 'धत्' मिला। एक दिन जब फिर लड़के ने वैसे ही हँसी में चिढ़ाने के लिए पूछा तो लड़की, लड़के की सम्भावना के विरूद्ध बोली, "हाँ, हो गई।"

"कब?"

"कल,- देखते नहीं यह रेशम से कढ़ा हुआ सालू!" लड़की भाग गई। लड़के ने घर की सीध ली। रास्ते में एक लड़के को मोरी में ढकेल दिया, एक छाबड़ी वाले की दिन भर की कमाई खोई, एक कुत्ते को पत्थर मारा और एक गोभी वाले के ठेले में दूध उड़ेल दिया। सामने नहाकर आती हुई किसी वैष्णवी से टकराकर अन्धे की उपाधि पाई। तब कहीं घर पहुँचा।

''राम-राम, यह भी कोई लड़ाई है! दिन-रात खन्दकों में बैठे हड्डियां अकड़ गईं। लुधियाने से दस गुना जाड़ा और मेह और बरफ ऊपर से। पिंडलियों तक कीचड़ में धंसे हुए हैं। गनीम कहीं दिखता नहीं, घंटे-दो घंटे में कान के परदे फाड़ने वाले धमाके के साथ सारी खन्दक़ हिल जाती है और सौ-सौ गज धरती उछल पड़ती है। इस गैबी गोले से बचे तो कोई लड़े। नगरकोट का जलजला सुना था, यहाँ दिन में पच्चीस जलजले होते हैं। जो कहीं खन्दक से बाहर साफा या कुहनी निकल गई तो चटाक् से गोली लगती है। न मालूम बेईमान मिट्टी में लेटे हुए हैं या घास की पत्तियों में छिपे रहते हैं।''

''लहनासिंह, और तीन दिन हैं। चार तो खन्दक में बिता ही दिए। परसों 'रिलीफ' आ जाएगी और फिर सात दिन की छुट्टी। अपने हाथों झटका करेंगे और पेट भर खाकर सो रहेंगे। उसी फिरंगी मेम के बाग में—मखमल का-सा हरा घास है। फल और दूध की वर्षा कर देती है। लाख कहते हैं, दाम लेती नहीं। कहती है, 'तुम राजा हो, मेरे मुल्क को बचाने आए हो।''

''चार दिन तक एक पलक नींद नहीं मिली। बिना फेरे घोड़ा बिगड़ता है और बिना लड़े सिपाही। मुझे तो संगीन चढ़ा कर मार्च का हुकम मिल जाए। फिर सात जर्मनों को अकेला मार कर न लौटूं तो मुझे दरबार साहब की देहली पर मत्था टेकना नसीब न हो। पाजी कहीं के, कलों के घोड़े संगीन देखते ही मुँह फाड़ देते हैं और पैर पकड़ने लगते हैं। यों अंधेरे में तीस-तीस मन का गोला फेंकते हैं। उस दिन धावा किया था, चार मील तक एक जर्मन नहीं छोड़ा था। पीछे जनरल साहब ने हट आने का कमान दिया, नहीं तो...''

''नहीं तो सीधे बर्लिन पहुँच जाते क्यों?'' सूबेदार हजारासिंह ने मुस्कराकर कहा, ''लड़ाई के मामले में जमादार या नायक के चलाये नहीं चलते। बड़े अफसर दूर की सोचते हैं। तीन सौ मील का सामना है। एक तरफ बढ़ गए तो क्या होगा?''

''सूबेदारजी, सच है'' लहनासिंह बोला, ''पर करें क्या? हड्डियों-हड्डियों में तो जाड़ा धंस गया है। सूर्य निकलता नहीं और

खाई में दोनों तरफ से चम्बे की वावलियो के-से सोते झर रहे हैं। एक धावा हो जाए तो गरमी आ जाए।''

''उद्‌मी, उठ, सिगड़ी में कोयले डाल। वजीरा, तुम चार जने बाल्टियाँ लेकर खाई का पानी बाहर फेंको। महासिंह, शाम हो गई है, खाई के दरवाजे का पहरा बदला दो।'' कहते हुए सूबेदार खन्दक में चक्कर लगाने लगे।

वजीरासिंह पलटन का विदूषक था। बाल्टी में गंदला पानी भर कर खाई के बाहर फेंकता हुआ बोला, ''मैं पाधा बन गया हूँ । करो जर्मनी के बादशाह का तर्पण'' इस पर सब खिलखिला पड़े और उदासी के बादल फट गए।

लहनासिंह ने दूसरी बाल्टी भरकर उसके हाथ में देकर कहा, ''अपनी बाड़ी के खरबूजों में पानी दो। ऐसा खाद का पानी पंजाब भर में नहीं मिलेगा।''

''हाँ, देश क्या है, स्वर्ग है। मैं तो लड़ाई के बाद सरकार से दस घुमा जमीन यहाँ माँग लूँगा और फलों के बूटे लगाऊँगा।''

''लाड़ी होरां को भी यहाँ बुला लोगे या वही दूध पिलानेवाली फिरंगी मेम?''

''चुप कर। यहाँ वालों को शरम नहीं।''

''देस-देस की चाल है। आज तक मैं उसे समझा न सका कि सिख तमाखू नहीं पीते। वह सिगरेट देने में हठ करती है, ओठों में लगाना चाहती है, और मैं पीछे हटता हूँ तो समझती है राजा बुरा मान गया, अब मेरे मुल्क के लिए लड़ेगा नहीं।''

''अच्छा, अब बोधसिंह कैसा है?''

''अच्छा है।''

''जैसे मैं जानता ही न होऊँ। रात भर तुम अपने दोनों कम्बल उसे ओढ़ाते हो और आप सिगड़ी के सहारे गुजर करते हो। उसके पहरे पर आप पहरा दे आते हो अपने सूखे लकड़ी के तख्तों पर उसे सुलाते हो, आप कीचड़ में पड़े रहते हो। कहीं तुम न मांदे पड़ जाना। जाड़ा क्या है मौत है और 'निमोनिया' से मरने वालों को मुरब्बे नहीं मिला करते।''

"मेरा डर मत करो। मैं तो बुलेल की खड्ड के किनारे मरूँगा। भाई कीरतसिंह की गोदी पर मेरा सिर होगा और मेरे हाथ के लगाए हुए आँगन के आम के पेड़ की छाया होगी।"

वजीरासिंह ने त्यौरी चढ़ाकर कहा, "क्या मरने-मराने की बात लगाई है? मरें जर्मनी और तुरक! हाँ भाइयो कैसे—

दिल्ली शहर तें पिशौर नुं जांदिए,
कर लेणा लौगां दा बपार मडिए
कर लेणा नाड़े दा सौदा अड़िए,
(ओय्) लाणा चटाका कदुए नुं।
कद्दू बणया वे मजेदार गोरिए
हुणे लाणा चटाका कदुए नुं।"

कौन जानता था कि दाढ़ियोंवाले, घरबारी सिख ऐसा लुच्चों का गीत गाएंगे, पर सारी खन्दक इस गीत से गूंज उठी और सिपाही फिर ताजा हो गए, मानो चार दिन से सोते और मौज ही करते रहे हों।

दो पहर रात गई है। अन्धेरा है। सुनसान मची हुई है। बोधासिंह तीन खाली बिस्कुटों के टिनों पर अपने दोनों कम्बल बिछाकर और लहनासिंह के दो कम्बल और एक बरानकोट ओढ़कर सो रहा है। लहनासिंह पहरे पर खड़ा हुआ है। एक आँख खाई के मुँह पर है और एक बोधासिंह के दुबले शरीर पर। बोधासिंह कराहा।

"क्यों बोधा भाई, क्या है?'

"पानी पिला दो।"

लहनासिंह ने कटोरा उसके मुँह से लगाकर पूछा, "कहो कैसे हो?" पानी पीकर बोधा बोला, "कँपनी छूट रही है। रोम-रोम में तार दौड़ रहे हैं। दाँत बज रहे हैं।"

"अच्छा, मेरी जरसी पहन लो।"

"और तुम?"

"मेरे पास सिगड़ी है और मुझे गर्मी लगती है; पसीना आ रहा है।"

"ना, मैं नहीं पहनता, चार दिन से तुम मेरे लिए..."

"हाँ, याद आई। मेरे पास दूसरी गरम जरसी है। आज सवेरे ही आई है। विलायत से मेमें बुन-बुनकर भेज रही हैं। गुरु उनका भला करे।" यों कहकर लहना अपना कोट उतारकर जरसी उतारने लगा।

"सच कहते हो?"

"और नहीं झूठ?" यों नाँहीं कहकर करते बोधा को उसने जबरदस्ती जरसी पहना दी और आप खाकी कोट और जीन का कुरता भर पहनकर पहरे पर आ खड़ा हुआ। मेम की जरसी की कथा केवल कथा थी।

आधा घण्टा बीता। इतने में खाई के मुँह से आवाज़ आई- "सूबेदार हजारासिंह!"

"कौन? लपटन साहब? हुकुम हुजूर!" कहकर सूबेदार तनकर फौजी सलाम करके सामने हुआ।

"देखो, इसी दम धावा करना होगा। मील भर की दूरी पर पूर्व के कोने में एक जर्मन खाई है। उसमें पचास से ज़्यादा जर्मन नहीं हैं। इन पेड़ों के नीचे-नीचे दो खेत काटकर रास्ता है। तीन-चार घुमाव हैं। जहाँ मोड़ है, "वहाँ पन्द्रह जवान खड़े कर आया हूँ। तुम यहाँ दस आदमी छोड़कर सबको साथ ले उनसे जा मिलो। खन्दक छीन कर वहीं, जब तक दूसरा हुक्म न मिले, डटे रहो। हम यहाँ रहेगा।"

"जो हुक्म।"

चुपचाप सब तैयार हो गए। बोधा भी कम्बल उतारकर चलने लगा। तब लहनासिंह ने उसे रोका। लहनासिंह आगे हुआ तो बोधा के बाप सूबेदार ने उंगली से बोधा की ओर इशारा किया। लहनासिंह समझकर चुप हो गया। पीछे दस आदमी कौन रहें, इस पर बड़ी हुज्जत हुई। कोई रहना न चाहता था। समझा-बुझाकर सूबेदार ने मार्च किया। लपटन साहब लहना की सिगड़ी के पास मुँह फेर कर खड़े हो गए और जेब से सिगरेट निकाल कर सुलगाने लगे। दस मिनट बाद उसने लहना की ओर हाथ बढ़ाकर कहा,

"लो तुम भी पियो।"

आँख पलकत पलकते लहनासिंह सब समझ गया। मुँह का भाव छिपाकर बोला, "लाओ, साहब।" हाथ आगे करते! उसने सिगड़ी के उजास में साहब का मुँह देखा। बाल देखे। माथा ठनका। लपटन साहब के पट्टियों वाले बाल एक दिन में कहाँ उड़ गए और उनकी जगह कैदियों के से कटे हुए बाल कहाँ से आ गए?

शायद साहब शराब पिए हुए है और उन्हें बाल कटवाने का मौका मिल गया है? लहनासिंह ने जांचना चाहा। लपटन साहब पांच वर्ष से उसकी रेजिमेंट में रहे थे।

"क्यों साहब, हम लोग हिन्दुस्तान कब जाएँगे?"

"लड़ाई खत्म होने पर। क्यों, यह देश पसन्द नहीं?"

"नहीं साहब, वह शिकार के वे मजे यहाँ कहाँ?" याद है, पारसाल नकली लड़ाई के पीछे हम-आप जगाधरी के जिले में शिकार करने गए थे। "हाँ, हाँ"

"वही जब आप खोते पर सवार थे और आपका खानसामा अबदुल्ला रास्ते के एक मन्दिर में जल चढ़ाने को रह गया था?"

"बेशक, पाजी कहीं का..."

"सामने से वह नील गाय निकली कि ऐसी बड़ी मैंने कभी न देखी। और आपकी एक गोली कन्धे में लगी और पुट्ठे में निकली। ऐसे अफसर के साथ शिकार खेलने में मज़ा है। क्यों साहब, शिमले से तैयार होकर उस नील गाय का सिर आ गया था न? आपने कहा था कि रेजिमेंट की मैस में लगाएंगे।" "हाँ, पर मैंने वह विलायत भेज दिया..."

"ऐसे बड़े सींग! दो-दो फुट के तो होंगे?"

"हाँ, लहनासिंह, दो फुट चार इंच के थे। तुमने सिगरेट नहीं पिया?"

"पीता हूँ साहब, दियासलाई ले आता हूँ", कहकर लहनासिंह खन्दक में घुसा। अब उसे सन्देह नहीं रहा था। उसने झटपट विचार लिया कि क्या करना चाहिए।

अन्धेरे में किसी सोनेवाले से वह टकराया।

"कौन? वजीरासिंह?"

"हाँ? क्यों लहना? क्या, कयामत आ गई? ज़रा तो आँख लगने दी होती!"

"होश में आओ। कयामत आई है और लपटन साहब की वर्दी पहनकर आई है।"

"क्या?"

"लपटन साहब या तो मारे गए हैं या कैद हो गए हैं। उनकी वर्दी पहनकर कोई जर्मन आया है। सूबेदार ने इसका मुँह नहीं देखा। मैंने देखा है और बातें की हैं। सौहरा साफ उर्दू बोलता है, पर किताबी उर्दू। और मुझे पीने को सिगरेट दिया है?"

"तो अब?"

"अब मारे गए। धोखा है। सूबेदार होरां कीचड़ में चक्कर काटते फिरेंगे और यहाँ खाई पर धावा होगा। उधर उन पर खुले में धावा होगा। उठो, एक काम करो। पल्टन के पैरों के खोज देखते- देखते दौड़ जाओ। अभी बहुत दूर न गए होंगे। सूबेदार से कहो कि एकदम लौट आवें। खन्दक की बात झूठ है। चले जाओ, खन्दक के पीछे से निकल जाओ। पत्ता तक न खड़के। देर मत करो।"

"हुकुम तो यह है कि यहीं"...

"ऐसी-तैसी हुकुम की! मेरा हुकुम...जमादार लहनासिंह, जो इस वक्त यहाँ सबसे बड़ा अफसर है, उसका हुकुम है। मैं लपटन साहब की खबर लेता हूँ।"

"पर यहाँ तो तुम आठ ही हो।"

"आठ नहीं, दस लाख। एक-एक अकालिया सिख सवा लाख के बराबर होता है। चले जाओ।"

लौटकर खाई के मुहाने पर लहनासिंह दीवार से चिपक गया। उसने देखा कि लपटन साहब ने जेब से तीन बेल के बराबर तीन गोले

निकाले। तीनों को जगह-जगह खन्दक की दीवारों में घुसेड़ दिया और तीनों में एक तार-सा बांध दिया। तार के आगे सूत की एक गुत्थी थी, जिसे सिगड़ी के पास रखा—बाहर की तरफ जाकर एक दियासलाई जला कर गुत्थी पर रखने ही वाला था।

इतने में बिजली की तरह दोनों हाथों से उल्टी बन्दूक को उठाकर लहनासिंह ने साहब की कुहनी पर तानकर दे मारा। धमाके के साथ साहब के हाथ से दियासलाई गिर पड़ी । लहनासिंह ने एक कुन्दा साहब की गर्दन पर मारा और साहब 'आँख! मीन गौट्ट' कहते हुए चित्त हो गए। लहनासिंह ने तीन गोले बीनकर खन्दक के बाहर फेंके और साहब को घसीट कर सिगड़ी के पास लिटाया। जेबों की तलाशी ली। तीन-चार लिफाफे और एक डायरी निकालकर उन्हें अपनी जेब के हवाले किया।

साहब की मूर्छा हटी। लहनासिंह हँस कर बोला, "क्यों लपटन साहब? मिज़ाज कैसा है? आज मैंने बहुत बातें सीखीं। यह सीखा कि सिख सिगरट पीते हैं। यह सीखा कि जगाधरी के जिले में नील गायें मन्दिरों में होती हैं और उनके दो फुट चार इंच के सींग होते हैं। यह सीखा कि मुसलमान खानसामा पानी चढ़ाते हैं और लपटन साहब खोते पर चढ़ते हैं। यह तो कहो, ऐसी साफ उर्दू कहाँ से सीख आए? हमारे लपटन साहब तो बिना 'डैम' के पाँच लफज भी नहीं बोला करते थे।"

लहना ने पतलून की जेबों की तलाशी नहीं ली थी। साहब ने, मानों जाड़े से बचाने के लिए, दोनों हाथ जेबों में डाले।

लहनासिंह कहता गया, "चालाक तो बड़े हो, पर मांझे का लहना इतने बरस लपटन साहब के साथ रहा है। उसे चकमा देने के लिए चार आँखें चाहिए। तीन महीने हुए, एक तुरकी मौलवी मेरे गाँव में आया था। औरतों को बच्चे होने के ताबीज बांटता था और बच्चों को दवाई देता था। चौधरी के बड़ के नीचे मंजा बिछा कर हुक्का पीता रहता था और कहता था कि जर्मनी वाले बड़े पंडित हैं। वेद पढ़-पढ़कर उनमें से विमान चलाने की विद्या जान गए हैं। गौ को नहीं मारते। हिन्दुस्तान में आ जाएँगे तो गौ हत्या बन्द कर देंगे। मण्डी के बनियों

को बहकाया था कि डाकखाने से रुपए निकाल लो; सरकार का राज जाने वाला है। डाक बाबू पोल्हूराम भी डर गया था। मैंने मुल्लाजी की दाढ़ी मूंड दी थी और गाँव से बाहर निकाल कर कहा था कि जो मेरे गाँव में अब पैर रखा तो...''

साहब की जेब में से पिस्तौल चली और लहना की जांघ में गोली लगी। इधर लहना की हैनरी मार्टिनी के दो फायरों ने साहब की कपाल क्रिया कर दी। धमाका सुनकर सब दौड़ आए।

बोधा चिल्लाया, ''क्या है?''

लहनासिंह ने उसे तो यह कहकर सुला दिया कि ''एक हड़का हुआ कुत्ता आया था, मार दिया'' और औरों को सब हाल कह दिया। सब बन्दूके लेकर तैयार हो गए। लहना ने साफा फाड़कर घाव के दोनों तरफ़ पट्टियां कस कर बाँधी। घाव मांस में ही था। पट्टियों के कसने से लहू निकलना बन्द हो गया।

इतने में सत्तर जर्मन चिल्लाकर खाई में घुस पड़े। सिक्खों की बन्दूक़ों की बाढ़ ने पहले धावे को रोका। दूसरे को रोका। पर वहाँ थे आठ। लहनासिंह तक-तक कर मार रहा था। वह खड़ा था और अन्य लेटे हुए थे और वे सत्तर थे। अपने मुर्दा भाइयों के शरीर पर चढ़कर जर्मन आगे घुसे आते थे। थोड़े से मिनिटों में अचानक आवाज़ आई- ''वाहे गुरुजी दी फ़तह! वाहे गुरुजी दा खालसा!!'' और धड़ाधड़ बन्दूकों के फायर जर्मनों की पीठ पर पड़ने लगे! ऐन मौके पर जर्मन दो चक्की के पाटों के बीच में आ गए। पीछे से सूबेदार हजारासिंह के जबान आग बरसाते थे और सामने लहनासिंह के साथियों के संगीन चल रहे थे। पास आने पर पीछे वालों ने संगीन पिरोना शुरू कर दिया।

एक किलकारी और : ''अकाल सिक्खां दी फौज आई! वाहे गुरुजी दी फतह! वाहे गुरुजी दा ख़ालसा! सत श्री अकाल पुरूख!!!'' और लड़ाई खत्म हो गई। तिरेसठ जर्मन या तो खेत रहे थे या कराह रहे थे। सिखों में पन्द्रह के प्राण गए। सूबेदार के दाहिने कन्धे में से गोली आरपार निकल गई। लहनासिंह की पसली में एक गोली लगी। उसने घाव को खन्दक की गीली मिट्टी से पूर लिया और बाकी का साफा

कसकर कमरबन्द की तरह लपेट लिया। किसी को खबर न पड़ी कि लहना के दूसरा भारी घाव लगा है।

लड़ाई के समय चांद निकल आया था, ऐसा चाँद कि जिसके प्रकाश से संस्कृत-कवियों का दिया हुआ 'क्षयी' नाम सार्थक होता है। और हवा ऐसी चल रही थी जैसी कि वाणभट्ट की भाषा में 'दन्तवीणोपदेशचार्य' कहलाती। वजीरासिंह कह रहा था कि कैसे मन-मन भर फ्रांस की भूमि मेरे बूटों से चिपक रही थी, जब मैं दौड़ा-दौड़ा सूबेदार के पीछे गया था। सूबेदार लहनासिंह से सारा हाल सुन और कागज़ात पाकर उसकी तुरतबुद्धि को सराह रहे थे और कह रहे थे कि तू न होता तो आज सब मारे जाते।

इस लड़ाई की आवाज़ तीन मील दाहनी ओर की खाई वालों ने सुन ली थी। उनके पीछे टेलीफोन कर दिया था। वहाँ से झटपट दो डाक्टर और दो बीमारों को ढोने की गाड़ियां चलीं, जो एक-डेढ़ घंटे के अन्दर-अन्दर आ पहुँची। फील्ड अस्पताल नजदीक था। सुबह होते-होते वहाँ पहुँच जाएँगे, इसलिए मामूली पट्टी बाँधकर एक गाड़ी में घायल लिटाए गए और दूसरी में लाशें रखी गई। सूबेदार ने लहनासिंह की जांघ में पट्टी बन्धवानी चाही। उसने यह कहकर टाल दिया कि थोड़ा घाव है, सवेरे देखा जाएगा। बोधासिंह ज्वर में बर्रा रहा था। उसे गाड़ी में लिटाया गया। सुबेदार लहना को छोड़कर जाते नहीं थे। उसने कहा—

"तुम्हें बोधा की कसम है और सूबेदारनी जी की सौगन्ध है, जो इस गाड़ी में न चले जाओ।"

"और तुम।"

"मेरे लिए वहाँ पहुँच कर गाड़ी भेज देना। और जर्मन मुर्दों के लिए भी तो गाड़ियां आती होंगी। मेरा हाल बुरा नहीं है। देखते नहीं, मैं खड़ा हूँ।? वजीरासिंह मेरे पास है ही।"

"अच्छा, पर..."

"बोधा गाड़ी पर लेट गया? भला! आप भी चढ़ जाओ। सुनिए तो, सूबेदारनी होरां को चिट्ठी लिखो तो मेरा मत्था टेकना लिख देना।

और जब घर जाओ तो कह देना कि मुझसे जो उन्होंने कहा था, वह मैंने कर दिया।"

गाड़ियां चल पड़ी थीं। सूबेदार ने चढ़ते-चढ़ते लहना का हाथ पकड़कर कहा, "तूने मेरे और बोधा के प्राण बचाये हैं। लिखना कैसा? साथ ही घर चलेंगे। अपनी सूबेदारनी को तू ही कह देना। उसने क्या कहा था?"

"अब आप गाड़ी पर चढ़ जाओ। मैंने जो कहा, वह लिख देना और कह भी देना।"

गाड़ी के जाते ही लहना लेट गया। "वजीरा, पानी पिला दे और मेरा कमरबन्द खोल दे। तर हो रहा है।"

मृत्यु के कुछ समय पहले स्मृति बहुत साफ हो जाती है। जन्म-भर की घटनाएँ एक-एक करके सामने आती हैं। सारे दृश्यों के रंग साफ होते हैं, समय की धुन्ध बिल्कुल उन पर से हट जाती है।

लहनासिंह बारह वर्ष का है। अमृतसर में मामा के यहाँ आया हुआ है। दही वाले के यहाँ, सब्जीवाले के यहाँ, हर कहीं, उसे एक आठ वर्ष की लड़की मिल जाती है। जब वह पूछता है कि "तेरी कुड़माई हो गई?" वो 'धत्' कहकर वह भाग जाती है। एक दिन उसने वैसे ही पूछा तो उसने कहा, "हाँ, कल हो गई, देखते नहीं यह रेशम के फूलों वाला सालू?" सुनते ही लहनासिंह को दुःख हुआ। क्रोध हुआ। क्यों हुआ?

"वजीरसिंह, पानी पिला दे"।

पच्चीस वर्ष बीत गये। लहनासिंह नं. 77 राइफल्स में जमादार हो गया है। उस आठ वर्ष की कन्या का ध्यान ही न रहा। न मालूम वह कभी मिली थी, या नहीं। सात दिन की छुट्टी लेकर ज़मीन के मुकदमे की पैरवी करने वह अपने घर गया। वहाँ रेजिमेंट के अफ़सर की चिट्ठी

मिली कि फ़ौज लाम पर जाती है। फौरन चले आओ। साथ ही सूबेदार हजारासिंह की चिट्ठी मिली कि मैं और बोधासिंह भी लाम पर जाते हैं। लौटते हुए हमारे घर होते आना। साथ चलेंगे। सूबेदार का गाँव रास्ते में पड़ता था और सूबेदार उसे बहुत चाहता था। लहनासिंह सूबेदार के यहाँ पहुँचा।

जब चलने लगे, तब सूबेदार वेढ़े में से निकलकर आया। बोला, "लहना, सूबेदारनी तुमको जानती हैं। बुलाती हैं। जा मिल आ।" लहनासिंह भीतर पहुँचा। सूबेदारनी मुझे जानती हैं? कब से? रेजिमेंट के क्वार्टरों में तो कभी सूबेदार के घर के लोग रहे नहीं। दरवाज़े पर जाकर 'मत्था टेकना' कहा। असीस सुनी। लहनासिंह चुप।

"मुझे पहचाना?"

"नहीं।"

"तेरी कुड़माई हो गई?" - 'धत्' - "कल हो गई.... देखते नहीं रेशमी बूटों वाला सालू... अमृतसर में..."

भावों की टकराहट से मूर्छा खुली। करवट बदली। पसली का घाव बह निकला।

"वजीरा, पानी पिला"

"उसने कहा था।"

स्वप्न चल रहा है। सूबेदारनी कह रही है, "मैंने तेरे को आते ही पहचान लिया। एक काम कहती हूँ। मेरे तो भाग फूट गए। सरकार ने बहादुरी का खिताब दिया है, लायलपुर में ज़मीन दी है, आज नमकहलाली को मौका आया है। पर सरकार ने हम तीमियों की एक घँघरिया पलटन क्यों न बना दी, जो मैं भी सूबेदारजी के साथ चली जाती? एक बेटा है। फ़ौज मे भरती हुए उसे एक ही बरस हुआ। उसके पीछे चार हुए, पर एक भी नहीं जिया।" सूबेदारनी रोने लगी। "अब दोनों जाते हैं। मेरे भाग! तुम्हें याद है, एक दिन तांगे वाले का घोड़ा दही वाले की दुकान के पास बिगड़ गया था। तुमने उस दिन मेरे प्राण बचाए थे।

आप घोड़ों की लातों में चले गए थे और मुझे उठाकर दुकान के तख्ते पर खड़ा कर दिया था। ऐसे ही इन दोनों को बचाना। यह मेरी भिक्षा है। तुम्हारे आगे मैं आँचल पसारती हूँ।''

रोती-रोती सूबेदारनी ओबरी में चली गई। लहना भी आँसू पोंछता हुआ बाहर आया।

''वजीरासिंह, पानी पिला''

''उसने कहा था''

लहना का सिर अपनी गोदी तर लिटाए वजीरासिंह बैठा है। जब माँगता है, तब पानी पिला देता है। आधे घंटे तक लहना गुम रहा, फिर बोला,

''कौन? कीरतसिंह?''

वजीरा ने कुछ समझकर कहा, ''हाँ''।

''भइया, मुझे और ऊँचा कर ले। अपने पट्ट पर मेरा सिर रख ले।''

वजीरा ने वैसा ही किया।

''हाँ, अब ठीक है। पानी पिला दे। बस ! अब के हाड़ में यह आम खूब फलेगा। चाचा-भतीजा दोनों यहीं बैठकर आम खाना । जितना बड़ा तेरा भतीजा है उतना ही यह आम है। जिस महीने उसका जन्म हुआ था उसी महीने में मैंने इसे लगाया था।''

वजीरासिंह के आंसू टप-टप पड़ रहे थे।

कुछ दिन पीछे लोगों ने अख़बारों में पढ़ा : फ्रांस और बेल्जियम, 68वीं सूची, मैदान में घावों से मरा, नं. 77 सिख राइफल्स जमादार—लहनासिंह।

[प्रथम प्रकाशन : सरस्वती : जून, 1915]

हीरे का हीरा

आज सवेरे से ही गुलाबदेई काम में लगी हुई है। उसने अपने मिट्टी के घर के आँगन को गोबर से लीपा है, उस पर पीसे हुए चावल से मण्डन माँड़े हैं। घर की देहली पर उसी चावल के आटे से लकीरे खैंची हैं और उन पर अक्षत और बिल्वपत्र रखे हैं। दूब की नौ डालियाँ चुनकर उन्होंने लाल डोरा बाँधकर उसकी कुलदेवी बनाई है और एक हरे पत्ते के दोने में चावल भर कर उसे अन्दर के घर में, भींत के सहारे एक लकड़ी के देहरे में रखा है। कल पड़ोसी से माँगकर गुलाबी रंग लाई थी, उससे रंगी हुई चारद बिचारी को आज नसीब हुई है। लठिया टेकती हुई बुढ़िया माता की आँखें (यदि तीन वर्ष की कंगाली और पुत्र वियोग से और डेढ़ वर्ष की बीमारी की दुखिया के कुछ आँखें और उनमें ज्योति बांकी रही हो तो) दरवाजे पर लगी हुई हैं। तीन वर्ष के पतिवियोग और दारिद्रय की प्रबल छाया से रात-दिन के रोने से पथराई और सफेद हुई गुलाबदेई की आँखों पर आज फिर कुछ यौवन की ज्योति और हर्ष के लाल डोरे आ गए हैं। और सात वर्ष का बालक हीरा, जिसका एकमात्र वस्त्र कुरता खार से धोकर कल ही उजला कर दिया गया है, कल ही से पड़ोसियों से कहता फिर रहा है कि मेरा चाचा आवेगा।

बाहर खेतों के पास लकड़ी की धमाधम सुनाई पड़ने लगी। जान पड़ता है कि कोई लँगड़ा आदमी चला आ रहा है, जिसके एक लकड़ी की टाँग है। दस महीने पहले एक चिट्ठी आई थी, जिसे पास के गाँव

के पटवारी ने पढ़कर गुलाबदेई और उसकी सास को सुनाया था। उसमें लिखा था कि लहनासिंह की टाँग चीन की लड़ाई में घायल हो गई है और हाँगकाँग के अस्पताल में उसकी टाँग काट दी गई है। माता के वात्सल्यमय और पत्नी के प्रेममय हृदय पर इसका प्रभाव ऐसा पड़ा था कि बेचारियों ने चार दिन रोटी नहीं खाई थी। तो भी, अपने ऊपर सत्य आपत्ति आती हुई और आई हुई जानकर भी हम लोग कैसे आँखें मींच लेते हैं और आशा की कच्ची जाली में अपने को छिपाकर कवच से ढका हुआ समझते हैं! वे कभी-कभी आशा किया करती थीं कि दोनों पैर सही-सलामत लेकर ही लहनासिंह घर आ जाए तो कैसा! और माता अपनी बीमारी से उठते ही पीपल के नीचे के नाग के यहाँ पंचपकवान चढ़ाने गई थी कि "नाग बाबा! मेरा बेटा दोनों पैरों चलता हुआ राजी-खुशी मेरे पास आए।" उसी दिन लौटते हुए उसे एक सफेद नाग भी दीखा था, जिससे उसे आशा हुई थी कि मेरी प्रार्थना सुन ली गई। पहले-पहले तो सुखदेई को ज्वर की बेचैनी में पति की एक टाँग, कभी दाहिनी और कभी बाईं, किसी दिन कमर के पास से और किसी दिन पिंडली के पास से और फिर कभी टखने के पास से कटी हुई दिखाई देती, परन्तु फिर जब उसे साधारण स्वप्न आने लगे तो वह अपने पति को दोनों जाँघों पर खड़ा देखने लगी। उसे यह न जान पड़ा कि मेरे स्वस्थ मस्तिष्क की स्वस्थ स्मृति को अपने पति का वही रूप याद है, जो सदा देखा है, परन्तु वह समझी कि किसी करामात से दोनों पैर चंगे हो गए हैं। किन्तु अब उनकी अविचारित रमणीय कल्पनाओं के बादलों को मिटा देनेवाला वह भयंकर सत्य लकड़ी का शब्द आने लगा, जिसने उनके हृदय को दहला दिया।

लकड़ी की टाँग की प्रत्येक खट-खट मानो उनकी छाती पर हो रही थी और ज्यों-ज्यों वह आहट पास आती जा रही थी, त्यों-त्यों उसी प्रेमपात्र से मिलने के लिए उन्हें अनिच्छा और डर मालूम होते जाते थे कि जिसकी प्रतीक्षा में उसने तीन वर्ष कौए उड़ाते और पल-पल गिनते काटे थें, प्रत्युत वह अपने हृदय के किसी अन्दरी कोने में यह भी इच्छा करने लगी कि जितने पल विलम्ब से उससे मिलें, उतना ही

अच्छा, और मन की भित्ति पर वे दो जाँघों वाले लहनासिंह की आदर्श मूर्ति को चित्रित करने लगीं और अब फिर कभी न दिख सकने वाले दुर्लभ चित्र में इतनी लीन हो गई कि एक टाँग वाला सच्चा जीता-जागता लहनासिंह आँगन में आकर खड़ा हो गया और उसके इन हँसते हुए वाक्यों में उनकी वह व्यामोह निद्रा खुली, ''अम्मा! अम्बाले की छावनी से मैंने जो चिट्ठी लिखवाई थी, वह नहीं पहुँची?''

माता ने झटपट दिया जगाया और सुखदेई मुँह पर घूँघट लेकर कलश लेकर अन्दर के घर की दाहिनी द्वारसाख पर खड़ी हो गई। लहनासिंह ने भीतर जाकर देहरे के सामने सिर नवाया और अपनी पीठ पर की गठरी एक कोने में रख दी। उसने माता के पैर हाथों से छूकर हाथ सिर से लगाया और माता ने उसके सिर को अपनी छाती के पास लेकर उस मुख को आँसूओं की वर्षा से धो दिया, जो बाक्तरों की गोलियों की वर्षा के चिन्ह कम से कम तीन जगह स्पष्ट दिखा रहा था।

अब माता उसको देख सकी। चेहरे पर दाढ़ी बढ़ी हुई थी और उसके बीच-बीच में तीन घावों के खड्डे थे। बालकपन में जहाँ सूर्य, चन्द्र,मंगल आदि ग्रहों की कुदृष्टि को बचाने वाला ताँबे चाँदी की पतड़ियों और मूँगे आदि का कठला था, वहाँ अब लाल फीते से चार चाँदी के गोल-गोल तमगे लटक रहे थे। और जिन टाँगों ने बालकपन में माता की रजाई को पचास-पचास दफा उघाड़ दिया, उनमें से एक की जगह चमड़े के तसमों से बँधा हुआ डंडा था। धूप से स्याह पड़े हुए और मेहनत से कुम्हलाए हुए मुख पर और महीनों तक खटिया सेने की थकावट से पीली हुई आँखों पर भी एक प्रकार की वीरता की, एक तरह के स्वावलम्बन की ज्योति थी, जो अपने पिता-पितामह के घर और उनके पितामहों के गाँव को फिर देखकर खिलने लगी थी।

माता रुँधे हुए गले से कुछ न कह सकी और न कुछ पूछ सकी। चुपचाप उठकर कुछ सोच-समझकर बाहर चली गई। गुलाबदेई जिसके सारे अंग में बिजली की धाराएँ दौड़ रही थीं और जिसके नेत्र पलकों को धकेल देते थे, इस बात की प्रतीक्षा न कर सकी कि पति की खुली

हुई बाँहें उसे समेटकर प्राणनाथ के हृदय से लगा लें, किन्तु उसके पहले ही उसका सिर जो विषाद के अन्त और नवसुख के आरम्भ से चकरा गया था, पति की छाती पर गिर गया और हिन्दुस्तान की स्त्रियों के एकमात्र हाव-भाव (अश्रु) के द्वारा उसकी तीन वर्ष की कैद हुई मनोवेदना बहने लगी।

वह रोती गई और रोती गई और फिर रोती गई। क्या यह आश्चर्य की बात है? जहाँ कि स्त्रियाँ पत्र लिखना-पढ़ना नहीं जानती और शुद्ध भाषा में अपने भाव नहीं प्रकाश कर सकती और जहाँ उन्हें पति से बात करने का समय भी चोरी से ही मिलता है, वहाँ नित्य अविनाशी प्रेम का प्रवाह क्यों नहीं अश्रुओं की धारा की भाषा में (अभिव्यक्त होगा)।

पाठशाला

एक पाठशाला का वार्षिकोत्सव था। मैं भी वहाँ बुलाया गया था। वहाँ के प्रधान अध्यापक का एकमात्र पुत्र, जिसकी अवस्था आठ वर्ष की थी, बड़े लाड़ से नुमाइश में मिस्टर हादी के कोल्हू की तरह दिखाया जा रहा था। उसका मुँह पीला था, आँखें सफेद थीं, दृष्टि भूमि से उठती नहीं थी। प्रश्न पूछे जा रहे थे। उनका वह उत्तर दे रहा था। धर्म के दस लक्षण सुना गया, नौ रसों के उदाहरण दे गया। पानी के चार डिग्री के नीचे शीतलता में फैल जाने के कारण और उससे मछलियों की प्राण-रक्षा को समझा गया, चन्द्रग्रहण का वैज्ञानिक समाधान दे गया, अभाव को पदार्थ मानने, न मानने का शास्त्रार्थ कर गया और इंग्लैण्ड के राजा आठवें हेनरी की स्त्रियों के नाम और पेशवाओं का कुर्सीनामा सुना गया।

यह पूछा गया कि तू क्या करेगा? बालक ने सिखा-सिखाया उत्तर दिया कि मैं यावज्जन्म लोकसेवा करूँगा। सभा 'वाह-वाह' करती सुन रही थी, पिता का हृदय उल्लास से भर रहा था।

एक वृद्ध महाशय ने उसके सिर पर हाथ फेरकर आशीर्वाद दिया और कहा कि तू जो इनाम माँगे, वहीं देंगे। बालक कुछ सोचने लगा। पिता और अध्यापक इस चिन्ता में लगे कि देखें, यह पढ़ाई का पुतला कौन-सी पुस्तक माँगता है।

बालक के मुख पर विलक्षण रंगों का परिवर्तन हो रहा था, हृदय में कृत्रिम और स्वाभाविक भावों की लड़ाई की झलक आँखों में दीख

रही थी। कुछ खाँसकर, गला साफ कर नकली परदे के हट जाने से स्वयं विस्मित होकर बालकर ने धीरे से कहा, 'लड्डू'।

पिता और अध्यापक निराश हो गए। इतने समय तक मेरा श्वास घुट रहा था। अब मैंने सुख की साँस भरी। उन सबने बालक की प्रवृत्तियों का गला घोंटने में कुछ उठा नहीं रखा था, पर बालक बच गया। उसके बचने की आशा है, क्योंकि 'लड्डू' की वह पुकार जीवित वृक्ष के हरे पत्तों का मधुर मर्मर था, मरे काठ की अलमारी की सिर दुखानेवाली खड़खड़ाहट नहीं।

(1914)

साँप का वरदान

एक दिन राजा धीरज सिंह जंगल में जा रहे थे। देखा कि उच्च कुल की एक सर्पिणी नीच कुल के एक सर्प के साथ सहवास कर रही है। राजा को यह अनाचार बुरा लगा। उसने बेंत की चोट मारकर उन दोनों को अलग किया और अपना रास्ता लिया।

कहते हैं कि साँप अपना मैथुन देखनेवाले को माफ नहीं करता। अवश्य ही जारिणी सर्पिणी ने अपने प्रेमी को उकसाया होगा कि बदला ले, किन्तु उस कापुरुष ने दुम दबाकर अपनी बहकाई हुई प्रेयसी को बेंत की चोट का स्मरण करने के लिए छोड़ दिया।

स्त्री ने अपने पति नाग से जाकर कहा कि राजा धीरजसिंह ने निरपराध स्त्री पर प्रमाद से आघात किया है, आप मेरा बदला लीजिए।

सर्प फुफकारता हुआ राजमहल में पहुँचा और एक मोरी में अवसर ताकता हुआ छिपा रहा।

इसी समय राजा भीतर अपनी रानी से कह रहे थे कि देखों, कलियुग का प्रवेश हम मनुष्यों में ही नहीं, सर्पों में भी हो गया है। आज मैंने एक नीच जाति के सर्प के साथ एक उच्च कुल की नागिनी को देखा। हा! हंत! समय न मालूम क्या-क्या दिखाएगा।

पनाले में से यह सुनकर नाग राजा के सामने आया और धीरजसिंह से सच्चा हाल सुनकर बोला, "मैं उस छलिनी के वचनों से मोहित होकर आपको मारने आया था, परन्तु अब मेरी आँखों पर से परदा हट गया है। आप जो चाहे, वर माँगिए।" बार-बार पूछने पर राजा ने यह वर

माँगा कि मुझमें और मेरे वंशधरों में यह शक्ति हो कि वे साँप के काटे हुए को अच्छा कर सकें और सब साँप उन मनुष्यों को छोड़ दें, जो मेरा नाम लें। साँप तथास्तु कहकर चला गया।

(1913)

राजा की नीयत

एक बादशाह गर्म हवा में एक बाग के दरवाज़े पर पहुँचा। बूढ़ा बागबान दरवाज़े पर खड़ा था। पूछा कि इस बाग में अनार हैं? कहा—हैं। बादशाह ने फरमाया कि एक प्याला अनार के रस का ला। बागबान की लड़की अच्छी सूरत और स्वभाव की थी; उसको इशारा किया कि अनार का रस ले आ। लड़की गयी और फौरन एक प्याला अनार के रस का बाहर ले आई। उस पर कुछ पत्ते भी रखे थे।

बादशाह ने उसके हाथ से लेकर पी लिया और लड़की से पूछा कि इस पर इन पत्तों के रखने का क्या मतलब था। उसने बड़ी मीठी बोली से अर्ज किया कि ऐसी गर्म हवा में पसीने से डूबे हुए और सवारी से पहुँचने में एकदम पानी पीना हिकमत के खिलाफ है, इस विचार से मैंने पत्ते रस और प्याले के ऊपर रख दिये थे कि धीरे-धीरे पीयें।

उसकी यह सुहानी अदा सुलतान के मन को भा गयी और उसने चाहा कि मैं इस लड़की को महल की खिदमतगारनियों में दाखिल करूँ।

फिर उस बागवान से पूछा कि तुझको इस बाग से क्या हासिल होता है। कहा—300 दीनार। कहा—दीवान (कचहरी) में क्या देता है। कहा—कुछ नहीं। सुलतान किसी पेड़ का कुछ नहीं लेता है, बल्कि खेती का भी दसवाँ हिस्सा ही लेता है।

बादशाह के मन में आया कि मेरी सल्तनत में बाग बहुत और दरख्त बेशुमार हैं, अगर बाग के हासिल भी दसवाँ भाग दें तो काफी रूपया होता है और रैयत को कुछ नुकसान भी नहीं पहुँचता। अब

फरमा दूँगा कि बागों का भी महसूल लिया करें।

फिर कहा कि अनार का कुछ रस और ला। लड़की गई और देर में अनार के रस का एक प्याला लायी। सुलतान ने कहा कि जब तू पहले गई थी तो जल्दी आ गई थी और बहुत ज्यादा ले आई थी। अब तूने बहुत रास्ता दिखाया और थोड़ा भी लाई। लड़की ने कहा, "तब तो मैंने प्याला एक ही अनार के रस से भर लिया था। अब 5-6 अनारों को निचोड़ा और उतना रस नहीं निकला।" सुलतान की हैरत और भी बढ़ गयी।

बागबान ने अर्ज की कि महसूल में बरक्कत बादशाह की नेकनीयती से होती है। मेरे मन में ऐसा आता है कि तुम बादशाह होगे। जब तुमने बाग का हासिल मुझसे पूछा तो तुम्हारी नीयत डाँवाडोल हो गयी, जिससे फल की बरक्कत जाती रही। सुलतान पर इस बात का बड़ा असर पड़ा और उसने उस खयाल को दिल से दूर करके कहा कि एक बार फिर अनार के रस का प्याला ला। लड़की फिर गयी और जल्दी से भरा हुआ प्याला बाहर ले आयी और उसने उसे हँसते-खेलते सुलतान के हाथ में दिया।

सुलतान ने बागबान की बुद्धिमानी पर शाबासी देकर सारा हाल जाहिर कर दिया और लड़की बागबान से माँग ली। उस खबरदार बादशाह की यह हिमायत दुनिया के दफ्तर में यादगार रह गयी।

(1922)

जब गुण अवगुण बन गया

एक बहू पशु-पक्षियों का भाषा जानती थी। (एक दिन) आधी रात को (एक) शृगाल को यह कहता सुनकर कि 'नदी का मुर्दा मुझे दे दे और उसके गहने ले ले'। (वह) नदी पर वैसा (ही) करने गयी।

लौटती बार (उसके) श्वसुर ने (उसे) देख लिया। जाना (या समझा) कि यह अ-सती (चरित्रहीन) है। (अतः) वह उसे उसके पीहर पहुँचाने ले चला।

मार्ग में (एक) कहीर के पेड़ के पास से (एक) कौआ कहने लगा कि इस पेड़ के नीचे दस लाख की निधि (खजाना) है। (उसे) निकाल ले और मुझे दही-सत्तू खिला।

अपनी विद्या से दुख पायी वह कहती है—"मैंने जो एक (गलत कार्य) किया, उससे घर से निकाली जा रही हूँ। अब यदि दूसरा करूँगी, तो कभी भी अपने प्रिय से नहीं मिल सकूँगी, अर्थात् मार दी जाऊँगी।"

(1921)

जन्मान्तर कथा

एक कहिल नामक कबाड़ी था, जो काठ की कावड़ कँधे पर लिए-लिए फिरता था। उसकी सिंहला नामक स्त्री थी। उसने पति से कहा कि देवाधिदेव युगादिदेव की पूजा करो, जिनसे (हम) जन्मान्तर में दारिद्रय-दुख न पावें।

पति ने कहा—"तू धर्म-गहली हुई है : (अर्थात् धर्म के फेर में बक रही है), पर—सेवक मैं (भला) क्या कर सकता हूँ?"

तब स्त्री ने नदी-जल और फूल से पूजा की।

उसी दिन वह विषूचिका (हैजा) से मर गयी और जन्मान्तर में राजकन्या और राजपत्नी हुई।

अपने नये पति के साथ उसी (एक) दिन मन्दिर में आयी तो उसी पूर्व-पति दरिद्र कबाड़िए को वहाँ देखकर मूर्च्छित हो गयी। उसी समय जातिस्मर होकर (पूर्व जन्म को यादकर) उसने एक दोहे में कहा—"जंगल की पत्ती और नदी का जल सुलभ था, तो भी तू नहीं लाया। हाय, तेरे तन पर (साबुत) कपड़ा भी नहीं है और मैं रानी हो गई।"

कबाड़ी ने स्वीकार करके जन्मान्तर कथा की पुष्टि की।

(1921)

भूगोल

एक शिक्षक को अपने इन्स्पेक्टर के दौरे का भय हुआ और वह क्लास को भूगोल रटाने लगा। कहने लगा कि पृथ्वी गोल है। यदि इन्स्पेक्टर पूछे कि पृथ्वी का आकार कैसा है और तुम्हें याद न हो, तो में सुँघनी की डिबिया दिखाऊँगा। उसे देखकर उत्तर देना।

गुरु जी की डिबिया गोल थी।

इन्स्पेक्टर ने आकर वही प्रश्न एक विद्यार्थी से किया। उसने बड़ी उत्कंठा से गुरु की ओर देखा। गुरु ने जेब से चौकोर डिबिया निकाली। भूल से दूसरी (गोल की बजाय चौकोर) डिबिया निकल आयी थी।

लड़का बोला, "बुधवार को पृथ्वी चौकोर होती है और बाकी सब दिन गोल।" (उस दिन बुधवार था)।

(1914)

इस कथा में उन आलसी और लापरवाह अध्यापकों पर कटाक्ष किया गया है, जो अपने अध्यापक-धर्म का निर्वाह गम्भीरता पूर्वक और ईमानदारी से नहीं करते। सम्पादक

बकरे को स्वर्ग

एक मनुष्य यज्ञ (बलि) के लिए (एक) बकरे को ले जा रहा था और बकरा मिमियाता था।

एक साधु ने उससे कहा—"मान(सम्मान) प्रनष्ट (बिल्कुल नष्ट) हो (जाये) तो शरीर छोड़ना चाहिए। यदि शरीर न छोड़ा जाये, तो देश को तो अवश्यक तज दीजिए।"

यह सुनकर बकरा चुप हुआ।

साधु ने समझाया कि वह (अर्थात् बकरा) इसी पुरुष का बाप रुद्र शर्मा है इसने यह तालाब खुदवाया, पाल पर पेड़ लगाए, प्रतिवर्ष यहाँ बकरे मारने का यज्ञ चलाया। वही रुद्र शर्मा पाँच बार बकरे की योनि में जन्म लेकर अपने पुत्र से मारा जा चुका है। यह छठा जन्म है।

बकरा अपनी भाषा में कह रहा है कि बेटा, मत मार मैं तेरा बाप हूँ। यदि विश्वास न हो तो यह सहिंदानी (चिन्ह) बताता हूँ, कि घर के अन्दर तुझ से छिपाकर निधान (धन) गाड़ रखा है। दिखा दूँ!

मुनि के कहने पर बकरे ने घर में निधान (गड़ा हुआ धन) दिखा दिया।

फिर बकरे और उसके मनुष्य पुत्र को स्वर्ग मिल गया।

(1921)

इस कथा में दो प्रवृत्तियों पर कटाक्ष है। पहली प्रवृत्ति है यज्ञ में पशु-बलि की गर्हित प्रथा, और दूसरी प्रवृत्ति है धन के प्रलोभन में पुरोहित वर्ग द्वारा आचार संहिता से छेड़छाड़ (सम्पादक)

कुमारी प्रियंकरी

गजपुर के राजा खेमंकर के यहाँ सुतारा देवी (के गर्भ) से एक कन्या उत्पन्न हुई। राजा-रानी के मरने पर मन्त्रियों ने उसे 'प्रियंकर' नाम देकर (और) पुरुष कहकर गद्दी पर बिठाया। फिर कुलदेवी अच्युता की पूजा करके पूछा कि इसका पति किसे करें?

देवी ने उत्तर दिया, "सिंह को दमन (पराजित) करके जो उस पर सवारी करेगा, शत्रुओं को, अकेला होने पर भी, जीतेगा, कुमारी प्रियंकरी और समस्त राज्य उसी को अर्पण कर दो।"

ऐसा ही एक मिल गया और कहानी, कहानियों की तरह चली।

(1922)

न्याय-रथ

चौड (चोल) देश में गोवर्धन नामक राजा के यहाँ, सभा मण्डप के सामने, लोहे के स्तम्भ पर (एक) न्याय-घंटा था। जिसे न्याय चाहने वाला बजा दिया करता।

एक समय उसके (अर्थात् राजा के) एकमात्र पुत्र ने रथ पर चढ़कर जाते समय जान-बूझकर एक बछड़े को कुचल दिया।

बछड़े की माता (अर्थात गौ) ने सींग अड़ा कर घंटा बजा दिया।

राजा ने सब हाल पूछकर अपने न्याय को परम कोटि पर पहुँचाना चाहा। दूसरे दिन सवेरे (उसने) स्वयं रथ पर बैठकर और राह में अपने प्यारे इकलौते पुत्र को बिठाकर उस पर रथ चलाया और गौ को दिखा दिया (कि वह कितना न्यायप्रिय है।)

राजा के सत्व और कुमार के भाग्य से कुमार मरा नहीं।

(1922)

इस कथा से यह स्पष्ट नहीं होता कि गाय को न्याय किस प्रकार मिला।

—सम्पादक

महर्षि

एक बार दो बंगाली सज्जन सैकण्ड क्लास में कश्मीर जा रहे थे। एक के चरणों में गेरुआ बूट, देह में (पर) रेशमी कम्बल और मुँह (चेहरे) पर चिकनी दाढ़ी देख एक यात्री ने पूछा, ''आपका नाम क्या है?'' पास के धार्मिक मुसाहब ने तपाक से उत्तर दिया—''महर्षि अमुकानन्द सरस्वती'', और पूछने वाले का नाम पूछा। उसने गम्भीरता से कहा, 'अर्शी तमुक'। 'अर्शी का क्या अर्थ है?' यह पूछने पर उत्तर मिला कि मुझे अर्श रोग है, अतएव मैं अर्शी हुआ। तीन-चार मास में रोग बढ़ जाने पर 'महर्शी' कहलाऊँगा।

(1904)

अर्श का जो अर्थ यहाँ दिया गया है वह संस्कृत से निकले 'अर्श' शब्द का है। उर्दू में 'अर्श' शब्द का अर्थ 'सिंहासन' अथवा 'आसमान' होता है। इस तरह अर्शी का मतलब हुआ 'उच्चासीन'। शिष्टाचार के अनुसार चूँकि किसी व्यक्ति को अपना नाम बताते हुए शुरु का बड़प्पन। यह विशेषण नहीं बताना चाहिए, अतः यहाँ 'महर्षि' शब्द पर व्यंग्य किया गया है।—सम्पादक

बन्दर

प्रेत समुन्द्र के पास किसी नगर के वासी बड़े विलासी और आलसी थे। परमेश्वर (अर्थात् खुदा) ने उन्हें धर्मोपदेश करने को हज़रत मूसा को भेजा। मूसा ने बड़ी गम्भीरता से उन्हें अपने सिद्धान्त समझाए और धर्मोपदेश दिया। उन महाशयों ने मूसा की ओर मुँह चिढ़ाया और उनके भाषण को सुन कर जम्हाइयाँ लीं और दाँत निकाल मूसा को स्पष्ट सुना दिया कि हमें तुम्हारी जरूरत नहीं है। मूसा ने अपना रास्ता लिया। (उसके बाद) वे सब (प्रेत जाति के) मनुष्य बन्दर हो गए।

अब वे जगत की ओर मज़े में मुँह चिढ़ाते हैं और चिढ़ाते ही रहेंगे।

(1904)

इस वृत्तान्त में मूढ़ और साम्प्रदायिक भावना से ग्रस्त लोगों पर कटाक्ष किया गया है।

—सम्पादक

पोप का छल

किसी पवित्र दिवस को क्रिश्चियन धर्माचार्य-पोप-का कर्त्तव्य था कि (वे) गाड़ी में घुटनो के बल खड़े हो, प्रार्थना करते हुए, नगर की प्रदक्षिणा करें।

एक विलासी पोप के मोटे शरीर में पीड़ा होती थी। उस वात (रोग) ग्रस्त पोप ने लकड़ी, कपड़े, पत्थर से अपनी एक मूर्ति बनवाई। वह मूर्ति अवनितल-विन्यस्त जानुमंडल, कमल-मुकुल की-सी अंजलि को सिर पर रखे (और) पीछे एक कुर्सी पर छिपे पोपदेव को बैठाये नगर की प्रदक्षिणा कर आई। मानों पोप का काम ऐसा रह गया था, जिसे निर्जीव लकड़ी को (एक) मूर्ति भी कर सकती थी।

(इसी प्रकार) ''मेरे पास ठाकुर जी नृत्य करते हैं....'' ऐसा कहकर एक धूर्त ने चूहों के पैरों में घुंघरू बाँधकर, उन्हीं से देव-देव का काम निकाल लिया था।

(1904)

इस कथा में पुरोहित-वर्ग द्वारा धर्म भीरु जनता की भावनाओं के साथ छल किए जाने की ओर संकेत किया गया है। आज भी इस प्रकार की, गणेश को दूध पिलाने जैसी, घटनाएँ प्रायः चर्चा में आती रहती हैं।—सम्पादक

न्याय घंटी

दिल्ली में अनंगपाल नामी एक बड़ा राय था। उसके महल के द्वार पर पत्थर के दो सिंह थे। इन सिंहों के पास उसने एक घंटी लगवाई। कि जो (लोग) न्याय चाहें, उसे बजा दें। जिस पर राय उसे बुलाता, पुकार सुनता और न्याय करता।

एक दिन एक कौआ आकर घंटी पर बैठा और घंटी बजाने लगा।

राय ने पूछा, "इसकी क्या पुकार है?"

यह बात अनजानी नहीं है कि कौए सिंह के दाँतों में से माँस निकाल लिया करते थे।

पत्थर के सिंह शिकार नहीं करते, तो कौए को अपनी नित्य जीविका कहाँ से मिले?

राय को निश्चय हुआ कि कौए की भूख की पुकार सच्ची है, क्योंकि वह पत्थर के सिंहों के पास आन बैठा था।

राय ने आज्ञा दी कि कई भेढ़े-बकरे मारे जाए, जिससे कौऐ को दिन का भोजन मिल जाये।

(1922)

तोमर वंश का शासक, जो 11वीं सदी ईसवी के मध्य हुआ। जहाँ पर कुतुबमीनार है, वहाँ उससे पहले उसने अपना किला बनवाया था। राजधानी के रूप में दिल्ली को स्थाई महल उसी के समय मिला।—सम्पादक

इस कथा में उन व्यापारियों पर कटाक्ष है, जो चींटियों को चीनी और कबूतरों को तो दाना चुगाते हैं, किन्तु व्यापार में समाज-हित से विमुख हो तरह-तरह से डण्डी मारते हैं।—सम्पादक

मधुरिमा

तैलंग देश के राजा तैलप की छेड़छाड़ पर मुँज ने उस पर चढ़ाई की। (मुंज के) मन्त्री रुद्रादित्य ने मुंज को रोका और समझाया कि गोदावरी के उस पार न जाना। किन्तु मुंज तैलप को छह बार हरा चुका था, इसलिए उसने मन्त्री की सलाह की उपेक्षा।

रुद्रादित्य ने राजा का भावी अनिष्ट समझ और अपने को असमर्थ जान चिता में जलकर प्राण दे दिए।

गोदावरी के पार मुंज की सेना छल-बल से काटी गई और तैलप मुंज को मूंज की रस्सी से बाँधकर, बन्दी बनाकर ले गया। वहाँ उसे लकड़ी के पिंजड़े में कैद (करके) रखा (गया)।

(इसी बीच) तैलप की बहन मृणालवती से मुंज का प्रेम हो गया।

एक दिन मुंज काँच (दर्पण) में मुँह देख रहा था कि मृणालवती पीछे से आ खड़ी हुई। मुंज के यौवन और अपनी अधेड़ उमर के विचार से उसके चेहरे पर म्लानता आ गई।

यह देखकर मुंज कहता हैः ''हे मृणालवती, गए हुए यौवन का सोच मत कर! यदि शक्कर (या मिश्री) के सौ टुकड़े हो जाए, तो वह चूर्ण की हुई (शक्कर या मिश्री) भी मीठी होती है।''

(1921)

वल्लाल-रचित 'भोज प्रबन्ध' के अनुसार, मुंज धारानगरी के राजा का भाई था। धारानगरी का राजा जब मरा तो उसका पुत्र भोजदेव बहुत छोटा था। मुंज राजगद्दी हथियाना चाहता था। इसलिए उसने

अपने राजकुमार भतीजे को एक वधिक या जल्लाद के हवाले किया, कि वह उसे वन में ले जाकर मार दें। वधिक को राजकुमार पर दया आ गई। उसने उसे नहीं मारा और मुंज से झूठमूठ कह दिया कि राजकुमार भोज मारा गया। आगे चलकर भोज धारानगरी का प्रलापी राजा बना।—सम्पादक

स्त्री का विश्वास

रुद्रादित्य तो मर गया था। वह उदयन वत्सराज के मन्त्री यौग-धरायण की तरह अपने स्वामी को बचाने के लिए, पागल का वेश धर कर नहीं पहुँचा। किन्तु मुंज के कुछ सहायक तैलप की राजधानी में पहुँच गए। उन्होंने बन्दीगृह तक सुरंग लगा ली।

भागते समय मुंज ने मृणालवती से कहा कि मेरे साथ चलो और धारा में रानी बनकर रहो!

उसने कहा कि गहनों का डिब्बा ले आती हूँ। किन्तु यह सोचकर, कि यह मुझ अधेड़ को वहाँ जाकर छोड़ दे, तो न घर की रही न घाट की, उसने सब कथा अपने भाई (राजा तैलप) से कह दी।

वत्सराज की तरह घोषवती वीणा और वासवदत्ता को लेकर निकल जाना तो दूर रहा, मुंज बड़ी निर्दयता से बाँधा गया। उससे गली-गली भीख मँगाई गई।

उसने विलाप की कविता करते हुए कहा, "सबके चित्रों को हर्षित करने या हरने के अर्थ से प्रेम की बातें बनाने में चतुर स्त्रियों पर जो विश्वास करते हैं, वे हृदय में दुख पाते हैं।"

(1921)

इस कथा में मृणालवती के माध्यम से स्त्री-स्वभाव पर की गई टिप्पणी स्त्री सम्बन्धी पुरानी धारणाओं के अनुरूप है और किंचित्

पुरुषवादी पूर्वाग्रहों से प्रभावित। इसमें प्रकारान्तर से वत्सराज उदयन व वासवदत्ता के प्रसंग महाकवि मास और सुबन्धु के कारकों के सन्दर्भ से आए है। मास, कालिदास के पूर्ववती थे और सुबन्धुः "कादम्बरी" के रचनाकार बाण के समकालीन थे।

–सम्पादक

प्रजा-वत्सलता

एक समय राजा भोज केवल एक मित्र को साथ लिए रात को नगर में घूम रहा था। प्यास से व्याकुल होकर किसी वेश्या के घर जा उसने मित्र द्वारा जल मँगवाया। वह सँभली अति प्रेम से, किन्तु कुछ देर से तथा खेद जतला कर साँठे के रस से भरा करवा लाई। मित्र ने उसके खेद का कारण पूछा। वह बोली, "पहले एक गन्ने में एक घड़ा और एक वाहटिका (अर्थात् कटोरा) भर जाता था। किन्तु अब राजा का मन प्रजा की ओर विरुद्ध है। इसलिए इतनी देर में (एक साँठे से) एक वाहटिका भरी। यही मेरे खेद का कारण है।"

राजा ने यह सुनकर सोचा कि शिव मन्दिर में कोई बनिया बड़ा भारी नाटक करा रहा था। मेरे चित्त में उसे लूटने की (भावना) आई। इसलिए यह जो कहती है, सत्य है।

राजा लौटकर घर आया और सो गया।

दूसरे दिन प्रजा पर कृपा दिखाकर वह फिर उस पणरमणी (पेशेवर स्त्री) के घर को गया। इस बार साँठे में अधिक रस हो जाने से, यह जानकर कि आज प्रजा की ओर (राजा ने) वत्सलता दिखाई है—उस वेश्या ने यही कहकर राजा को सन्तुष्ट किया।

(1922)

उज्जयिनी के महाराज विक्रमादित्य और धारानगरी के राजा भोज के प्रजा-प्रतिपालक होने की अनेक कहानियाँ पुराने लोकाख्यानों में भरी

पड़ी है। कहते हैं कि ये दोनों राजा अपने राज्य और प्रजा का हालचाल जानने के लिए रात में वेश बदलकर नगर की परिक्रमा करते थे। और जो कमियाँ नज़र आती थी, उनका सुधार करते थे। राजा भोज सम्बन्धी इस कथा में उसी धारणा के अनुरुप प्रसंग दिया गया है।

—सम्पादक

कर्ण का क्रोध

महाभारत का युद्ध हो रहा है। भीष्म और द्रोण मर चुके हैं। कर्ण बड़े अभिमान के साथ सेनापति बनकर अर्जुन से लड़ने चले हैं। मद्रराज शल्य इस शर्त पर उनका सारथि बना है कि जो चाहूँ, सो कर्ण को सुना दूँ।

कर्ण ने युद्ध-क्षेत्र में आते ही डींग मारना आरम्भ किया। कहता है कि अब अर्जुन और कृष्ण मरे, मुझे कोई अर्जुन को दिखा तो दे। मैं दिखाने वाले को छह हथिनियों वाला सोने का रथ दूँ, गले में सोना पहने हुए दासियाँ दूँ, चौदह वैश्यग्राम (मारवाड़ी सेठों के गाँव) दे दूँ।

यों ही वह शेखी बघारता गया। शल्य ने उसे झिड़कना शुरू किया। शल्य कहता है कि जो तेरे पास इतना रुपया है तो यज्ञ क्यों नहीं करता? क्या तुझे इस तरह मृत्युमुख में जाने से रोकने वाले मित्र नहीं? माता की गोद में पड़ा-पड़ा तू चन्द खिलौना माँगता है। क्या कभी गीदड़ ने शेर को मारा है? हंस की चाल चलने वाले कौवे की तरह ही तेरी दुर्गति होगी।

कर्ण को क्रोध आ गया। एक तो ऐसी झिड़क, दूसरे शाप की झिड़क सुनते ही तू निस्तेज हो जाएगा। शल्य पहले यह प्रतीक्षा कराकर सारथि बना था कि जो चाहूँ सो कह लूँ। अब कर्ण ने जी दिल से शल्य को बुरा-भला कहना आरम्भ किया। शल्य मद्र देश का राजा था। मद्र पश्चिमी पंजाब है, जहाँ उस समय वाहीक नामक अनार्य जाति आ बसी थी।

कर्ण ने वाहीकों को जी भरकर गालियाँ दीं और कहा, ''शल्य, ऐसे पापियों का तू पष्ठांशभोगी राजा है।''

शल्य चुपचाप कर्ण के कुवाच्यों को पीता गया। उसने कर्ण के लिए कुछ भी न कहा, पर कर्ण की वीरता पर गीला कम्बल डालता गया और उसे बकने दिया। उसका उद्देश्य सिद्ध हो रहा था। भर्त्सना से कर्ण की वीरता पानी-पानी हो रही थी और शाप का प्रभाव बढ़ रहा था।

अन्त में शल्य ने कहा, ''कर्ण, तुम्हारे अंग देश में भी असुरों को मरने के लिए छोड़ देते हैं और स्त्रियों तथा पुत्रों को बेच दिया करते हैं। प्रत्येक देश में सदाचार और दुराचार होते हैं। इससे क्या?''

(1913)

धर्मपरायण रीछ

सायंकाल हुआ ही चाहता है। जिस प्रकार पक्षी अपना आराम का समय आया देख अपने-अपने खोतों का सहारा ले रहे हैं उसी प्रकार हिंस्त्र श्वापद भी अपनी अव्याहत गति समझकर कन्दराओं से निकलने लगे हैं। भगवान सूर्य प्रकृति को अपना मुख फिर एक बार दिखाकर निद्रा के लिए करवट लेने वाले ही थे कि सारी अरण्यानी 'मारा है, बचाओ, मारा है' की कातर ध्वनि से पूर्ण हो गई। मालूम हुआ कि एक व्याध हाँफता हुआ सरपट दौड़ रहा है और प्रायः दो सौ गज की दूरी पर एक भीषण सिंह लाल आँखें, सीधी पूँछ और खड़ी जटा दिखाता हुआ तीर की तरह पीछे आ रहा है। व्याध की ढीली धोती प्रायः गिर गई है, धनुष-बाण बड़ी सफाई के साथ हाथ से च्युत हो गए हैं, नंगे सिर बेचारा शीघ्रता ही को परमेश्वर समझता हुआ दौड़ रहा है। उसी का यह कातर स्वर था।

यह अरण्य भगवती जह्नु तनया और पूजनीया कलिन्दनन्दनी के पवित्र संगम के समीप विद्यमान है। अभी तक यहाँ उन स्वार्थी मनुष्य रूपी निशाचरों का प्रवेश नहीं हुआ था, जो अपनी वासनाओं की पूर्ति के लिए आवश्यक से चौगुना-पंचगुना पाकर भी झगड़ा करते हैं, परन्तु वे पशु यहाँ निवास करते थे, जो शान्तिपूर्वक समस्त अरण्य को बाँटकर अपना-अपना भाग्य आजमाते हुए न केवल धर्मध्वजी पुरुषों की तरह शिश्नोदर-परायण ही थे, प्रत्युत अपने परमात्मा का स्मरण करके अपनी निकृष्ट योनि को उन्नत भी कर रहे थे। व्याध, अपने स्वभाव के अनुसार,

यहाँ भी उपद्रव मचाने आया था। उसने बंग देश में रोहू और झिलसा मछलियों और 'हासेर डिम' को निर्वंश कर दिया था, बम्बई के केंकड़े और कछुओं को वह आत्मसात कर चुका था और क्या कहें, मथुरा, वृन्दावन के पवित्र तीर्थों तक में वह वकवृत्ति और विडालव्रत दिखा चुका था। यहाँ पर सिंह के कोपन बदनाग्नि में उसके प्रायश्चितों का होम होना ही चाहता है। भागने में निपुण होने पर भी मोटी तोंद उसे बहुत कुछ बाधा दे रही है। सिंह में और उसमें अब प्रायः बीस-तीस गज का ही अन्तर रह गया और उसे पीठ पर सिंह का उष्ण निःश्वास मालूम-सा देने लगा। इस कठिन समस्या में उसे सामने एक बड़ा भारी पेड़ दीख पड़ा। अपचीयमान शक्ति पर अन्तिम कोड़ा मारकर वह उस वृक्ष पर चढ़ने लगा और पचासों पक्षी उसकी परिचित डरावनी मूर्ति को पहचानकर अमंगल समझकर त्राहि-त्राहि स्वर के साथ भागने लगे। ऊपर एक बड़ी प्रबल शाखा पर विराजमान एक भल्लूक को देखकर व्याध के रहे-सहे होश पैंतरा हो गए। नीचे मन्त्र-बल से कीलित सर्प की भाँति जला-भुना सिंह और ऊपर अज्ञात कुलशील रीछ। यों कड़ाही से चूल्हे में अपना पड़ना समझकर वह किंकर्त्तव्यविमूढ़ व्याध सहम गया, बेहोश-सा होकर टिक गया, 'न ययौ न तस्थौ' हो गया। इतने में ही किसी ने स्निग्ध गम्भीर निर्घोष मधुर स्वर में कहा, 'अभयं शरणागतस्य! अतिथि देव! ऊपर चले आइए।' पापी व्याध, सदा छल-छिद्र के कीचड़ में पला हुआ, इस अमृत अभय वाणी को न समझकर वहीं रुका रहा। फिर उसी स्वर ने कहा, "चले आइए, महाराज! चले आइए। यह आपका घर है। आप अतिथि हैं। आज मेरे वृहस्पति उच्च के हैं, जो यह अपावन स्थान आपकी चरणधूलि से पवित्र होता है। इस पापात्मा का आतिथ्य स्वीकार करके इसका उद्धार कीजिए। वैश्वदेवान्तमापन्नों सोऽतिथिः स्वर्ग संज्ञकः। पधारिए, यह बिस्तर लीजिए, यह पाद्य, यह अर्घ्य, यह मधुपर्क।"

पाठक! जानते हो यह मधुर स्वर किसका था? यह उस रीछ का था। वह धर्मात्मा विन्ध्याचल के पास से इस पवित्र तीर्थ पर अपना काल बिताने आया था। उस धर्मप्राण धर्मेकजीवन ने वंशशत्रु व्याध

को हाथ पकड़कर अपने पास बैठाया; उसके चरणों की धूलि मस्तक से लगाई और उसके लिए कोमल पत्तों का बिछौना कर दिया। विस्मित व्याध भी कुछ आश्वस्त हुआ।

नीचे से सिंह बोला, ''रीछ! यह काम तुमने ठीक नहीं किया। आज इस आततायी का काम तमाम कर लेने दो। अपना अरण्य निष्कंटक हो जाए। हम लोगों में परस्पर का शिकार न छूने का कानून है। तुम क्यों समाज-नियम तोड़ते हो? याद रखो, तुम इसे आज रखकर कल दुःख पाओगे। पछताओगे। यह दुष्ट जिस पत्तल में खाता है, उसी में छिद्र करता है। इसे नीचे फेंक दो।''

रीछ बोला, ''बस, मेरे अतिथि परमात्मा की निन्दा मत करो। चल दो। यह मेरा स्वर्ग है, इसके पीछे चाहे मेरे प्राण जाए, यह मेरी शरण में आया है, इसे मैं नहीं छोड़ सकता। कोई किसी को धोखा या दुःख नहीं देता है। जो देता है, वह कर्म ही देता है। अपनी करनी सबको भोगनी पड़ती है।''

''मैं फिर कहे देता हूँ, तुम पछताओगे।'' यह कहकर सिंह अपना नख काटते हुए दुम दबाए चल दिया।

प्रायः पहर-भर रात जा चुकी है। रीछ अपने दिन-भर के भूखे-प्यासे अतिथि के लिए, सूर्योढ़ अतिथि के लिए, कन्दमूल फल लेने गया है, परन्तु व्याध को चैन कहाँ? दिन-भर की हिंसा प्रवण प्रवृत्ति रूकी हुई हाथों में खुजली पैदा कर रही है। क्या करे? बिजली के प्रकाश में उसी वृक्ष में एक प्राचीन कोटर दिखाई दिया और उसमें तीन-चार रीछ के छोटे-छोटे बच्चे मालूम दिए। फिर क्या था? व्याध के मुँह में पानी भर आया, परन्तु धनुष-बाण, तलवार रास्तें में गिर पड़े हैं, यह जानकर पछतावा हुआ। अकस्मात जेब में हाथ डाला तो एक छोटी-सी पेशकब्ज! बस, काम सिद्ध हुआ। अपने उपकारी रक्षक रीछ के बच्चों को काटकर कच्चा ही खाते उस पापात्मा व्याध को दया तो आई ही नहीं, देर भी न लगी। वह जीभ साफ करके ओठों को चाट रहा था कि मार्ग में फरकती बाई आँख के अशकुन को 'शान्तं पापं नारायण! शान्तं पापं

नारायण' कहकर टालता हुआ रीछ आ गया और चुने हुए रसपूर्ण फल व्याध के आगे रखकर सेवक के स्थान पर बैठकर बोला, "मेरे यहाँ थाल तो है नहीं, न ही पत्ते हैं, पुष्पं पत्रं फलं तोयं अतिथि नारायण की सेवा में समर्पित हैं।" जब व्याध अपने दग्धोर की पूर्ति कर चुका तो इसने भी शेषान्न खाया और कुछ प्रसाद अपने बच्चों को देने के लिए कोटर की तरफ चला।

कोटर के द्वार पर ही प्रेमपूर्वक स्वागतमय 'दादा हो' न सुनकर उसका माथा ठनका। भीतर जाकर उसने पैशाचिक लीला का अवशिष्ट चर्म और अस्थि देखा, परन्तु उस वीतराग के मन में "तत्र को मोहः कः शोक एकत्वमनुपश्चतः?" वह उसी गम्भीर पद से आकर लेटे हुए व्याध के पैर दबाने लग गया। इतने में व्याध के दुष्कर्म ने एक पुराने गीध का रूप धारण कर रीछ को कह दिया कि तेरी अनुपस्थिति में इस कृतघ्न व्याध ने तेरे बच्चे खा डाले हैं। व्याध को कर्मसाक्षी में विश्वास न था, वह चौंक पड़ा। उसका मुँह पसीने से तर हो गया, उसकी जीभ तालू से चिपक गई और वह इन वाक्यों को आने वाले यम का दूत समझकर थर-थर काँपने लगा। बूढ़े रीछ के नेत्रों में अश्रु आ गए; परन्तु वह खेद के नहीं थे, हर्ष के थे। उसने उस गृद्ध को सम्बोधन करके कहा, "धिक् मूढ़! मेरे परम उपकारी को उल्वण शब्दों में स्मरण करता है। (व्याध से) महाराज! धन्य भाग्य उन बच्चों के, जो पाप में जन्मे और पाप में बढ़े; परन्तु आज आपकी अशनाया निवृत्ति के पुण्य के भागी हुए। न मालूम किन नीचातिनीच कर्मों से उन्होंने यह पशुयोनि पाई थी, न मालूम उन्हें इस गर्हित योनि में रहकर कितने पाप-कर्म और करने थे। धन्य मेरे भाग्य! आज वे 'स्वर्गद्वारमपानृत' में पहुँच गए। हे मेरे कुलतारण! आप कुछ भी इस बात की चिन्ता न कीजिए। आपने मेरे "सप्तावरे सप्त पूर्वे" तरा दिए!" जिसे मद नहीं और मोह नहीं, वह रीछ व्याध का सम्वाहन करके संसार-यात्रा के अनुसार सो गया, परन्तु उसने अपना निर्भीक स्थान व्याध को दे दिया था और स्वयं वह दो शाखाओं पर आलम्बित था। चिकने घड़े पर जल की तरह पापात्मा व्याध पर यह धर्माचरण और तज्जन्य

शान्ति प्रभाव नहीं डाल सके; वह तारे गिनता जागता रहा और उसके कातर नेत्रों से निद्रा भी डरकर भाग गई। इतने में मटरगश्ती करते वही सिंह आ पहुँचे और मौका देखकर व्याध से यों बोले, "व्याध! मैं वन का राजा हूँ। मेरा फरमान यहाँ सब पर चलता है। कल से तू यहाँ निष्कण्टक रूप से शिकार करना, परन्तु मेरी आज्ञा न मानने वाले इस रीछ को नीचे फेंक दें।" पाठक! आप जानते हैं कि व्याध ने इस यत्न पर क्या किया? रीछ के सब उपकारों को भूलकर उस आशामुग्ध ने उसको धक्का दे ही तो दिया। आयु : शेष से, पुण्यबल से, धर्म की महिमा से, उस रीछ का स्वदेशी कोट एक टहनी में अटक गया और वह जागकर, सहारा लेकर ऊपर चढ़ आया। सिंह ने अट्टहास करके कहा, "देखो रीछ! अपने अतिथि चक्रवर्ती का प्रसाद देखो। इस अपने स्वर्ग, अपने अमृत को देखो। मैंने तुम्हें सायंकाल क्या कहा था? अब भी इस नीच को नीचे फेंक दो।" रीछ बोला, "इसमें इन्होंने क्या किया? निद्रा की असावधानता में मैं ही पैर चूक गया, नीचे गिरने लगा। तू अपना मायाजाल यहाँ न फैला। चला जा।" रीछ उसी गम्भीर निर्भीक भाव से सो गया। उसको परमेश्वर की प्रीति के स्वप्न आने लगे और व्याध को कैसे मिश्र स्वप्न आए, यह हमारे रसज्ञ पाठक जान ही लेंगे।—"नहीं कल्याणकृत कश्चिद्दुर्गति तात गच्छति।"

ब्राह्ममुहूर्त में उठकर रीछ ने अलस व्याध को जगाया और कहा, "महाराज! मुझे स्नान के लिए त्रिवेणी जाना है और फिर लोक यात्रा के लिए फिरना है, मेरे साथ चलिए, मैं आपको इस कांतार से बाहर निकालने का मार्ग बतला दूँ, परन्तु आप उदास क्यों हैं? क्या आपके आतिथ्य में कोई कमी रह गई? क्या मुझसे कोई कसूर हुआ?" व्याध बात काटकर बोला, "नहीं, मेरा ध्यान घर की तरफ गया था। मेरे पर अन्न-वस्त्र के लिए धर्मपत्नी और बहुत से बालक निर्भर हैं। मैंने सुख से खाया और सोया, परन्तु वे बेचारे क्षुत्क्षाम-कण्ठ कल से भूखे हैं,

उनके लिए कुछ पाथेय नहीं मिला।'' रीछ ने हाथ जोड़कर कहा, ''नाथ! आज आपकी छुरिका त्रिवेणी में यह देह-स्नान करके स्वर्ग को जाना चाहता है। यदि इस दुर्मांस से माता और भाई तृप्त हों, और इस जरच्चर्म से उनकी जूतियाँ बनें तो आप 'तत सदद्य' करें। धन्यभाग्य, आज यह अनेक ज़न्मसंसिद्ध आपके वदनान्ति में परागति को पावै।'' व्याध ने बरछी उठाकर रीछ के हृदय में भोंक दी। प्रसन्नवदन रीछ ऋतुपर्ण की तरह बोला, ''शिरामुखैः स्यन्दत एव रक्तमद्यापि देहे मम माँसमस्ति।''

उस उदार महामान्य के आगे कर्ण का यह वाक्य क्या चीज था—कियदिदमधिकं में यद्द्विजावार्थयित्रे, कवचमरमणीयं कुण्डले चार्पयामि। अकरुणमवकृत्य द्राक्कृपाणेन तिर्यग्, वहलरुधिरधारं मौलिमावेदयामि॥

सारा अरण्य स्वर्गीय प्रकाश और सुगन्ध से खिल रहा है। अनाहतनाद का मधुर स्वर कानों को आप्यायित कर रहा है। दिग्दिगन्तर से 'हरि-हरि' ध्वनि आकाश को पवित्र कर रही है। उसी वृक्ष के सहारे एक दिव्य विमान खड़ा है और परात्पर भगवान् नारायण स्वयं रीछ को अपने चरण कमल में ले जाने को आए हैं। भगवान मृत्युञ्जय भी अपनी चन्द्रकलाओं से उस शरीर को आप्यायित कर रहे हैं। देवांगनाए उसकी सेवा करने को और इन्द्रादिक उसकी चरणधूलि लेने को दौड़े आ रहे हैं। जिस समय उस बर्छी का प्रवेश उस धर्मप्राण कलेवर में हुआ, भगवान नारायण आनन्द से नाचते और क्लेश से तड़पते, लक्ष्मी को ढकेल, गरुड़ को छोड़ और शेषनाग को पेल, 'नमे भक्तः प्रणश्यति' को सिद्ध करते हुए दौड़ आए और रीछ को गले लगाकर आनन्दाश्रु गद्गद कंठ से बोले, ''प्रयाग में बहुत बड़े-बड़े इन्द्र, वरुण, प्रजापति और भारद्वाज के यज्ञ हुए हैं, परन्तु सबसे अधिक महिमापूर्ण यज्ञ यह हुआ है, जिसकी पूर्णाहुति अभी हुई है। प्रिय ऋक्ष! मेरे साथ चलो, और हे नराधम! तू अपने नीच कर्मों...।'' ऋक्ष ने भगवान् के चरण पकड़कर कहा, ''नाथ! यदि मेरा चावल भर भी पुण्य है तो इस पुरुष-रत्न को बैकुण्ठ ले जाइए। इसके कर्म का फल भोगने को मैं घोरातिघोर नरक में जाने को तैयार हूँ।'' भगवान विस्मित होकर बोले, ''यह क्या? लोक-संग्रह को उत्पन्न करते हो?'' ऋक्ष हाथ जोड़कर बोला, ''पापानां

वा शुभानां वा वधार्हाणामथापि वा। कार्यं करुणमार्येण न कश्चिदपराध्यति॥"

भक्त का आग्रह माना गया। भगवान, व्याध और ऋक्ष एक ही विमान में बैकुण्ठ गए।

(समालोचक : 1996)

सुकन्या

हिन्दू लोग भोजन किए पीछे एक श्लोक पढ़ा करते हैं, जिसका तात्पर्य यह है कि राजा श्यान्ति, उसकी कन्या सुकन्या, मुनि च्यवन, सोम और अश्विनी कुमार भोजन किए पीछे इनका नित्य स्मरण करने वाले की आँख कभी नहीं बिगड़ती। इस सुकन्या की पति भक्ति की कहानी प्रसिद्ध है। कैसे उसने बूढ़े च्यवन की धर्मपूर्वक सेवा की, कैसे वह बहकाई जाकर भी पतिव्रत से नहीं डिगी और कैसे उसके सतीत्व के बल से उसका पति भला-चंगा हो गया, यह रोचक कहानी हिन्दू-माताओं, देवियों और पुत्रियों को सदा स्मरण रहती होगी। तभी तो हिन्दुओं ने उसके उपाख्यान को इतना गौरव दिया कि नित्य के स्मरणीय नामों से उसको रखा।

जहाँ से भृगु के वंशीय वा अंगिरस् के वंशीय (अपने कर्मों से) स्वर्गलोक को गए, वहाँ च्यवन, जो या तो भृगु गोत्र का था या अंगिरस् गोत्र का बहुत बूढ़ा और पलीत का होकर पीछे रह गया। मनुवंशी शर्यात राजा अपने ग्राम के साथ विचार रहा था। उसने उसी के, च्यवन के, पड़ोस में आकर डेरा किया। लड़कों ने खेलते-खेलते च्यवन को बूढ़ा पलीत का-सा और निकम्मा समझकर पत्थरों से खूब दला। वह (च्यवन) शर्यातवालों पर क्रुद्ध हुआ, जिससे उनको व्यामोह हो गया और बाप बेटे से लड़ने लगा और भाई-भाई से। शर्यात् ने सोचा कि मैंने कुछ न कुछ किया है, जिससे कि यह आन पड़ा। इसलिए उसने ग्वालों और गड़रियों को बुलाकर कहा, "तुममें से किसी ने आज यहाँ

कुछ देखा था?'' उन्होंने उत्तर दिया, ''यहाँ पर एक बूढ़ा मनुष्य ही प्रेत-सा सोया रहता है। उसे निकम्मा समझकर कुमारों ने पत्थर से दला है।'' राजा समझ गया कि यही च्यवन अन्तिम है। वह हाथ जोड़कर और उसमें अपनी पुत्री सुकन्या को रखकर चला और वहाँ पहुँचा, जहाँ ऋषि था और बोला, ''ऋषे, नमस्ते। मैं नहीं जानता था कि इससे मैंने अपराध किया। यह सुकन्या है, इससे मैं तुमसे प्रायश्चित करता हूँ, मेरा ग्राम फिर जुड़ जाय, समझ जाय।'' तभी उसकी प्रजा ठीक हो गई और शर्यात मानव वहाँ से डेरा उठाकर फिर चल पड़ा कि दूसरी बार अपराध न हो जाय।

अश्विन दोनों जगत में चिकित्सा करते हुए फिरते थे। वे सुकन्या के पास आए और उससे जोड़ा करना चाहा। उसने यह नहीं माना। उन दोनों ने कहा, ''सुकन्ये, किसलिए इस बूढ़े खूसट प्रेत के साथ सोती है? हमारे पास चली आ।'' वह बोली, ''जिसे मुझे बाप ने दिया है उसके जीते जी मैं उसे नहीं छोड़ूँगी।'' ऋषि यह जान गया। वह बोला, ''सुकन्ये, तुझे इन्होंने क्या कहा?'' उसने उससे सब बखान कर दिया। सुनकर उसने कहा, ''यदि तुझे ऐसा ही फिर कहें तो कहना कि तुम अपने-आप भी तो ऐसे समृद्धिवाले और भरे पूरे नहीं हो कि मेरे पति की निन्दा करते हो। यदि वे तुझे पूछें कि हम क्योंकर नहीं समृद्ध और नहीं भरे-पूरे हैं तो कहना कि मेरे पति को फिर जवान कर दो, तब तुम्हें कहूँगी।'' वे फिर उसके पास आए और उसे वैसे ही कहा। वह बोली, ''तुम दोनों भी तो बहुत समृद्ध और बहुत भरे-पूर नहीं हो कि मेरे पति को हँसते हो।'' उन्होंने कहा, ''हम काहे से नहीं भरे-पूरे हैं, काहे से असमृद्ध हैं?'' उसने उत्तर दिया, ''मेरे पति को फिर युवा कर दो, तब कहूँगी।'' वे बोले, ''इस दह में उसे न्हिला दे, वह जिस अवस्था को चाहेगा, उसी का होकर निकलेगा।'' उसने उस दह में न्हिलाया और च्यवन ने जिस वय की इच्छा की, उसी से साथ वह निकला। वे बोले, ''सुकन्ये, हम काहे से नहीं भले-पूरे हैं, काहे से नहीं समृद्ध हैं?'' उनको ऋषि ने ही उत्तर दिया, ''देवता कुरुक्षेत्र में यज्ञ कर रहे हैं। उसमें से तुम दोनों को अलग कर रखा है, इसलिए

नहीं भरे-पूरे हो, नहीं समृद्ध हो।'' वहाँ से दोनों अश्विन चल दिए और बहिष्पवमान नामक सूक्त से स्तुति हो चुकने के समय यज्ञ में देवों के पास आ पहुँचे। उन्होंने कहा, ''हमको बुलाओ।'' देवताओं ने कहा, ''तुमको नहीं बुलाएँगें, तुम चिकित्सा करते हुए बहुत दिन मनुष्यों में मिल-जुलकर विचरे हो।'' वे बोले, ''बिना सिर के यज्ञ से यज्ञ कर रहे हो।'' देवताओं ने पूछा, ''क्योंकर बिना सिर के से?'' वे बोले, ''हमें यज्ञ में बुलाओ तब कहेंगे।'' ''ठीक है।'' यों कहकर देवताओं ने उन्हें बुलाया। उनके लिए इस अश्विन ने सोमरस के कटोरे को लिया। वे दोनों यज्ञ के अध्वर्यु बने और यज्ञ का सिर फिर उन्होंने लगा दिया। यह बात ''दिवाकीत्यो के ब्राह्मण'' में लिखी है कि उन्होंने कैसे यज्ञ का सिर फिर लगाया। इसी से यह कटोरा बहिष्पवमान स्तोत्र हो चुकने पर लिया जाता है, क्योंकि वे (अश्विन्) बहिष्पवमान के स्तुत हो जाने पर आए थे।

जैमिनीय तलवकार ब्राह्मण में इसी कथा का एक कुछ नवीन रूप है। उसमें कथा का पिछला भाग यों हैं—

अश्विन् दोनों ने ऋषि से कहा, ''महाराज, हमें सोम का भागी बनाइए।'' ''अच्छी बात है, तुम मुझे फिर युवा कर दो।'' वे उसे सरस्वती के शैशव (निकलने के स्थान) के पास ले गए। ऋषि (सुकन्या से) बोला, ''बाले, हम सब एकसार दिखाई देते हुए निकलेंगे, तू तब मुझे इस चिन्ह से पहचान लेना।'' वे सब ठीक एकाकार दीखते हुए स्वरूप में अति सुन्दर होकर निकले। उस (सुकन्या) ने उसे (च्यवन को) पहचानकर कहा, ''यही मेरा पति है।'' उन्होंने ऋषि से कहा, ''ऋषे, हमने तुम्हारा वह काम पूरा कर दिया है, जो तुम्हारा काम था; तुम फिर युवा हो गए हो, अब हमको इस तरह सिखाओ कि हम सोम के भागी हो जाए।'' तब च्यवन भार्गव युवा होकर शर्यात मानव के पास गया और उसने पूर्ववेदि पर उसका यज्ञ कराया। राजा ने उसे सहस्त्र गौए दीं, उसने यज्ञ किया। यों च्यवन भार्गव, इस च्यवन साम में प्रशंसित होकर फिर युवा हो गया। उसने बाला स्त्री पाई और सहस्त्रदक्षिण यज्ञ किया।

(मर्यादा : 1911)

❑❑❑